GE MING LIE SHI SHI CHAO

革命烈士诗抄

GE MING LIE SHI SHI CHAO

李大钊 等 / 著　张军 / 编选

長江出版傳媒 | 长江文艺出版社

图书在版编目（CIP）数据

革命烈士诗抄 / 李大钊等著 ; 张军编选. -- 武汉 : 长江文艺出版社, 2022.6(2023.9 重印)
ISBN 978-7-5702-2479-1

Ⅰ. ①革… Ⅱ. ①李… ②张… Ⅲ. ①诗集－中国－现代 Ⅳ. ①I226

中国版本图书馆 CIP 数据核字(2022)第 071820 号

革命烈士诗抄
GEMING LIESHI SHICHAO

责任编辑：杨 岚 刘 洋　　责任校对：毛季慧
设计制作：格林图书　　责任印制：邱 莉 胡丽平

出版：长江出版传媒 | 长江文艺出版社
地址：武汉市雄楚大街 268 号　　邮编：430070
发行：长江文艺出版社
http://www.cjlap.com
印刷：武汉市首壹印务有限公司

开本：700 毫米×1000 毫米 1/16　　印张：10.875　　插页：1 页
版次：2022 年 6 月第 1 版　　2023 年 9 月第 3 次印刷
字数：150 千字

定价：26.00 元

写在前面的话

编完这部诗歌选集，我的心情如风过松林，余音袅袅，久久难以平静。何以如此呢？作为党史研究者，我以前零星接触过一些烈士的诗歌，但像本选集这样系统地甄选、分类、注解它们，还是第一次。也正是因为这次比较深入、全面的通读、体悟，我才真的触摸到了烈士们的胸襟与情操，感受到了他们的忠贞与赤诚，认识到了他们的深爱与大恨。

他们大多本不是诗人，只是残酷黑暗的社会现实、强烈的救国济民情怀、忠于马列的理想信念，以及身处牢笼、誓死不屈的意志，让他们成为发抒内心、言志励人的诗人，写出了直抵人心、感天动地的壮丽诗篇。说他们的诗，是和着血泪之墨而写的，是攥着生命之笔而写的，是铺着悲愤之纸而写的，是唱着理想之歌而写的，毫不为过。故而，这样的诗，有世上再机巧的语言也表达不出的情感；是世上再伟大的诗人，也写不出的杰作。

你看他们写社会的黑暗与不公，写底层百姓的痛苦与艰难，几乎是现实场景的素描。曾莱笔下的官兵，与土匪无异，“丘八爷，下四乡，挑抬拉汉子，陪睡拖女娘”。沈迪群笔下的官府，横征暴敛，“四面八方在征粮”“家家户户要抽丁”。这就告诉近一个世纪后的今天的读者，面对这样的社会现状，不革命行吗？国家和人民的命运掌握在这样一帮人手里，不革命行吗？

你看他们秉持的理想信念，执着如山，坚定如钢。他们无一不以诗明志：改造这不合理的社会，创造一个崭新的世界。于是，李大钊与友人约定：“何当痛饮黄龙府，高筑神州风雨楼!”罗学瓒告诉同志们：“何言乎富贵，赤胆为将来!”江上青立下誓言：“这刀和斧的旗帜，用我们自己的意志，将它高高地举起!”他们深知革命之途，不仅有发动民众之难，更有敌人屠杀之险。对此怎么办呢？退缩吗？放弃吗？不！不！真正的革命者是勇往直前、不计成败的，他们连死都不怕，又何惧艰难困苦呢？蒲风向组织表示：“为着坚持自己的目标奋斗到底，不怕死；为着不忍苟全一己的生命，不怕死。”邓中夏以咬钉嚼铁般的意志向世界宣告：“那有斩不除的荆棘？那有打不死的豺虎？那有推不翻的山岳？你只须奋斗着，猛勇地奋斗着。”

他们从未动摇自己的信仰，始终坚信胜利就在前方，就在明天。熊亨瀚写道：“吾道终当行九域，慷慨以身相许!”陈寿昌豪情满怀地向党剖明心迹：“身许马列安等闲，报效工农岂知艰。壮志未酬身若死，亦留忠胆照人间。”余祖胜更相信：“总有一天，我们将站在这个城堡上，高声宣布，太阳是我们的!”

你看他们的诗，或表达对亲人的思念、愧疚，或反映艰苦战斗生活中的坚毅和乐观，无异常人。可见，英雄的躯壳之下，包裹的仍是凡夫俗子的似水柔情和苦乐酸甜，只不过他们浸润着理想的包浆，早已有了非同常人的意志和毅力罢了。李少石对妻子廖梦醒深情款款地交代说：“一朝分袂两相思，何日归来不可期。……莫为远人憔悴尽，阿湄犹赖汝扶持。”罗世文在狱中，面对窗外溶溶月色，想象母亲望月思儿之景，不禁泪湿衣襟：“慈母千行泪，顽儿百战身。可怜今夜月，两处各凄清。”吴焕先的诗则留下了革命斗争的生活场景：“深山密林是我房，沙滩石板是我床。”四行仓库保卫战的最高指挥官谢晋元将军也以诗纪行，高歌“勇敢杀敌八百兵，抗战豪情以诗鸣”。这也使这些革命诗歌具有“诗史”的作用，成为革命史料的一部分。

你看他们诗中留下的“狱中杂记”，是如何坚毅、坦然，敌人的牢房，竟成了他们吟诗言志的产床。深陷敌人的囚牢，身遭敌人的酷刑，你看到了他们的悲苦愁怨、后悔叹息吗？你看到了他们的屈膝卑躬、自白投降吗？面对四壁的囚牢，恽代英仰天长啸：“已摈忧患寻常事，留得豪情作楚囚。”叶挺怒吼道：“我希望有一天，地下的烈火，将我连这活棺材一齐烧掉，我应该在烈火与热血中得到永生！”何敬平淡然一笑，表示：“为了免除下一代的苦难，我们愿——愿把这牢底坐穿！”面对“游街示众”，刘伯坚昂首挺胸，步履沉重却坚定，说：“带镣长街行，蹒跚复蹒跚。市人争瞩目，我心无愧怍。”面对敌人的酷刑，陈然说：“毒刑拷打算得了什么？死亡也无法叫我开口！对着死亡我放声大笑，魔鬼的宫殿在笑声中动摇。”这哪里是在狱中受刑呢？这就像是在法庭上向国民党厉声控诉了。

你看他们走上刑场的那一刻，是如何在诗中留下最后的生命光辉的。朱亦赤写道：“为主义牺牲，为工农死节。不负天地生，无污父母血。”风雪迷漫中，看着敌人举起的黑洞洞的枪管，杨超脱口吟诵道：“满天风雪满天愁，革命何须怕断头？留得子胥豪气在，三年归报楚王仇。”至于夏明翰就义时留下的“砍头不要紧，只要主义真。杀了夏明翰，还有后来人。”这已是众所周知的名作了，它所展示的革命必胜的信念和决心，已激励了一代又一代的后来人。

习近平总书记指出：“无论我们走得多远，都不能忘记来时的路。……牢记红色政权是从哪里来的，新中国是怎么建立起来的，不忘历史，不忘初心。”① 本选集中所列的诗歌，不仅具有政治性、艺术性，也具有史实性，其所反映的历史，也是中国共产党人革命斗争历史的一个侧影；且由于诗歌本身的表述特点所致，其对人物的心胸性格的刻画、意志品质的展现，更为

---

① 习近平：《论中国共产党历史》，中央文献出版社，2021，第12页。

集中、深刻、简洁，因而，表现力更强，教育意义更大。就此而言，在讲好红色故事、传承红色基因方面，本诗歌选集的作用是不言自明的。

张军

2021 年 11 月 28 日

目 录

CONTENTS

如火岁月

铁骨柔情

笑对囚笼

昂首刑场

革命之因

李大钊诗二首

一

玉泉①流贯颐和园②墙根，潺潺有声，闻通三海③。禁城④等水，皆溯流于此。

殿阁嵯峨接帝京，
阿房⑤当日苦经营。
只今犹听宫墙水，
耗尽民膏是此声。

题旨解读

反动统治者的腐朽奢靡是造成当时社会矛盾的主因，是触发社会革命的缘由，也是导致其覆亡的引线。作者以其深邃的历史眼光和洞烛幽微的观察力，透过巍峨高耸的帝都宫殿，想到秦时苦心建造的阿房宫；通过潺潺欢唱

---

① 玉泉：即玉泉山，位于北京西山东麓，颐和园西侧。山上常年泉水喷涌，似银花散放、玉虹挂空，故名“玉泉”。

② 颐和园：清代皇家消夏游乐的园林，清末为慈禧太后颐养之地。慈禧太后为庆祝自己六十大寿，曾挪用海军经费修缮园内建筑及围墙。

③ 三海：北京故宫西侧的中海、南海和北海。

④ 禁城：即紫禁城，明清两代皇家宫殿。始建于明成祖永乐四年（公元 1406 年），建成于永乐十八年（公元 1420 年）。紫禁城为世界现存规模最大、保存最完整的木质结构古建筑群。

⑤ 阿房：即阿房宫，秦始皇所建上林苑之朝宫的前殿，占地广阔，山陵为阙，气势雄伟。相传秦末战乱时为项羽所烧；今据考古信息，探明至秦末并未完工，亦未遭火烧。

的玉泉清流，想到慈禧太后挪用海军经费修缮的颐和园，进而想到，这哗啦啦的流水声，流淌的不正是民脂民膏吗？！

二

丙辰春，再至江户。幼蘅①将返国，同人招至神田酒家小饮，风雨一楼，互有酬答。辞间均见风雨楼三字，相约再造神州后，筑高楼以作纪念，应名为神州风雨楼。遂本此意，口占一绝，并送幼蘅云。

壮别天涯未许愁，
尽将离恨付东流。
何当痛饮黄龙府②，
高筑神州风雨楼。

题旨解读

1916年（丙辰年）春，袁世凯已窃国称帝，中华大地又陷于复辟倒退的乌烟瘴气之中。李大钊于上年底回上海后，没有机会参加讨袁行动，在这年春天又来到了日本江户。恰遇友人幼蘅要回国去，朋友们为他饯行，席间大家吟诗作词，互相酬答，都使用了“风雨楼”三字。此情此景，不免让大家想起《诗经》中的“风雨如晦，鸡鸣不已”，想起那暗夜风雨中奋斗不止的不屈精神。众人遂约定，待推翻了窃国大盗袁世凯，重建中国之后，当高筑一楼，名曰“神州风雨楼”，以作纪念。朋友间的兴国豪情，让作者心潮逐浪，吟成了这首七言绝句。诗中虽也有离愁别绪，但在作者看来，与兴国大业相比，这点心绪又算得了什么呢？远眺波涛汹涌的茫茫大海，在海那

---

① 幼蘅：以前有的论著认为“幼蘅”是林伯渠，最近据李继华考证，“幼蘅”当是福建人刘以芬。

② 黄龙府：辽金两代军事重镇和政治经济中心，在今吉林长春农安县县城内。南宋岳飞抗金时，曾对将士说“直抵黄龙府，与诸君痛饮耳”，“黄龙”即指此处。

边建立一个新中国才是他们的共同心愿。

作者简介

李大钊（1889—1927），河北乐亭人。在东京早稻田大学学习期间，开始接触马克思主义，探索救国救民道路。1916 年回国后任北京大学教授和图书馆主任、《新青年》杂志编辑，对中国早期马克思主义的传播起过重要作用。在新文化运动和五四运动中，是重要组织者和领导者。是中国共产党的主要创始人之一。1927 年 4 月 6 日遭奉系军阀张作霖逮捕，4 月 28 日在西交民巷京师看守所被杀害。刑前大义凛然，神态从容。2009 年李大钊被评为“100 位为新中国成立作出突出贡献的英雄模范人物”。

蔡和森诗一首

诗一首

君不见，
武王伐纣汤伐桀，
革命功劳名赫赫。
又不见，
詹姆斯被民众弃，
查理士死民众手。
路易十四招民怨，
路易十六终上断头台。
俄国沙皇尼古拉，
偕同妻儿伴狗死。
民气伸长除暴君，
古今中外率如此。
能识时务为俊杰，
莫学冬烘[①]迂夫子。

题旨解读

蔡和森早年即立下“以一人之忧共诸天下，以天下之忧纳诸一身”的宏愿，致力于改造中国。1918 年初，听闻俄国爆发十月革命后，他兴奋不

---

① 冬烘：糊涂懵懂；迂腐浅陋。

已，遂在一位好友的笔记本上写下这首诗，以中国历史上商汤推翻夏桀，武王讨伐商纣；英国斯图亚特王朝国王詹姆斯二世遭民众反对，逃往法国，查理士一世被民众推翻、处死；法国波旁王朝国王路易十四和路易十六因腐朽残暴被人民反抗，路易十六被处死；俄国沙皇尼古拉 1917 年 3 月被人民推翻，十月革命后一家人被处死等众多中外史实来讽喻那些思想顽固的统治者：人民一旦觉醒，旧的国家机器就将被打碎，暴君们就要被除掉，古今中外概莫如此。作者警示人们，这是世界发展的大势，不可阻挡，切不可做那冬烘迂腐之人，昧于世情，做历史的绊脚石。作者从广阔的历史视野中，领悟到浩浩荡荡的社会发展规律，从而更加坚定了改造社会的信念。

作者简介

蔡和森（1895—1931），湖南湘乡人。1918 年与毛泽东等人共同创建新民学会、创办《湘江评论》，1919 年赴法国勤工俭学。期间，他首先提出“正式成立一个中国共产党”，为建立中国共产党作出了卓越贡献。1921 年 10 月回国后，曾任中央机关报《向导》周刊主编、中共中央委员、中央政治局委员、中共中央北方局书记等职。1931 年赴香港指导广东党的工作，6 月 11 日上午在海员工会参加会议时被捕。8 月 4 日就义。

彭湃诗二首

劳动节歌

今日何日？
　“五一”劳动节，
　　世界劳工同盟罢工纪念日。
劳动最神圣，
　社会革命时机熟。
希望兄弟与姊妹，
　“劳动”两字永牢记。

题旨解读

《劳动节歌》是1921年彭湃从日本留学回国后，在海丰担任教育局局长时，为庆祝“五一”国际劳动节写的歌词。当时曾经作为海丰各中小学音乐课的课文，在学生中广泛流传。

田仔[①]骂田公[②]

冬冬冬！田仔骂田公：
田仔做到死，田公吃白米。

---

① 田仔：佃户。

② 田公：地主。这首歌是彭湃同志从事农民运动时写的，为了达到通俗易传的目的，他采用了当地方言。

冬冬冬！田仔打田公。
田公唔（不）知死，田仔团结起。
团结起来干革命，革命起来分田地。
你分田，我分地，
有田有地真欢喜，免食番薯食白米。
冬冬冬！田仔打田公。
田公四散走，拿包斗①，
包斗大大个，割谷免用还。

题旨解读

《田仔骂田公》以当地的方言，通俗易懂地道出了贫富不公的原因，指出了唯有“团结起来干革命”，才能斩断贫穷根子的道理。脱下洋装、深入贫苦农民中间的彭湃，就此和穷人打成一片，成为穷人闹革命的带头人。

作者简介

彭湃（1896—1929），广东海丰人，出身工商地主家庭。1918 年考入日本早稻田大学，回国后，烧毁自家田契，发动农民运动，组织全国第一个农民协会，1924 年 4 月入党。曾组建海丰县总农会和广东省农会，主持广州农民运动讲习所，是中共早期农民运动主要领导人之一，毛泽东称他为“农民运动大王”。大革命失败后，1927 年 11 月领导建立中国第一个农村苏维埃政权——海陆丰苏维埃政府。1929 年 8 月 24 日因叛徒出卖被捕，一周后，在上海龙华监狱就义。2009 年彭湃被评为“100 位为新中国成立作出突出贡献的英雄模范人物。”

① 包斗：即麻布袋，装米用。

田波扬诗一首

我　要

我要放出更强烈的火光，
照破人世间的虚伪和欺诈。
我要锻炼成尖锐的小刀，
刺破人与人之间的隔膜。

1922 年 11 月 2 日晚

题旨解读

彼时，制度的腐朽与黑暗、人世的虚伪与欺诈、人心的冷漠与隔阂，造成了令人窒息的社会环境。打破这人际冷酷的社会，刺穿这冷酷社会的虚伪与欺诈，建设一个真诚善良、温暖互信的世界，便是作者渴求完成的历史使命。

作者简介

田波扬（1904—1927），湖南浏阳人。1923 年 5 月加入中国共产党。1927 年初任共青团湖南省委书记。1927 年 5 月 30 日晚，因叛徒告密，地下机关遭破获而被捕。6 月 6 日与夫人陈章甫一起就义于长沙火车站。

方志敏诗一首

血　肉[①]

伟大壮丽的房屋，
用什么建筑成功的呢？
血呵肉呵！

铺了白布的餐桌上，
摆着的大盘子小碟子里，是些什么呢？
血呵肉呵！

装得重压压的铁箱皮箱，
里面是些什么呢？
血呵肉呵！

题旨解读

这首诗创作于1922年8月29日，直观反映了社会的不公与黑暗：统治者住的、吃的、用的，全是劳动者用血肉创造的。如此不合理的社会，怎能允许它继续存在下去？

作者简介

方志敏（1899—1935），江西弋阳人。1922年8月加入中国社会主义青

---

① 血肉：指房屋、宴席及箱子里装的财物，都是劳动人民的血肉创造的。

年团，1924 年 3 月加入中国共产党。1928 年 1 月，参与领导弋横起义，创建赣东北革命根据地，先后任赣东北省、闽浙赣省苏维埃政府主席，红十军、红十一军政治委员，中共闽浙赣省委书记。他将马克思主义与赣东北实际结合起来，创造了一整套建党、建军和建立红色政权的被毛泽东称为“方志敏式”的经验。1934 年 11 月，任中国工农红军北上抗日先遣队军政委员会主席，率合编后的红十军向皖南进军。1935 年 1 月 29 日在江西怀玉山区被俘，狱中坚拒敌人劝降，写下了《清贫》《可爱的中国》等作品，8 月 6 日被秘密杀害于南昌下沙窝。2009 年方志敏被评为“100 位为新中国成立作出突出贡献的英雄模范人物”。

欧阳梅生诗一首

试笔诗

中国一团黑，悲嚎不忍闻。
愿为刀下鬼，换取真太平。

题旨解读

与多数烈士诗作创作于监狱或刑场不同，这首《试笔诗》的产生有一个故事。1924 年，当时还没有加入共产党的作者，有一次去买毛笔。在试笔的时候，他无意之中发现笔杆上刻有“太平笔庄制”几个字。这样一个产地的介绍，竟然刹那间引发他万千思绪。他愤然地说：“如今伸出手看不见五指，一片漆黑。有钱的打打杀杀，好像疯狗抢骨。中国这么大，没有半块地方是安静的，这叫作什么‘太平’!”说罢，他就用刀将笔上“太平”两字刮掉，并且立时作了这首诗。愤怒出诗人，真挚出作者，这首《试笔诗》正是如此！这支被作者愤怒刮掉了“太平”的毛笔，被烈士的一位好友收存。1959 年 4 月，这位好友将此笔寄给了烈士的夫人，此笔现由中国革命历史博物馆收藏。

作者简介

欧阳梅生（1895—1928），湖南湘潭人。1926 年加入中国共产党，任湖南省总工会秘书长，后转任中共汉阳县委委员、中共湖南省委秘书。1928 年 3 月 13 日，因积劳成疾，在武汉协和医院病逝。

阮啸仙诗一首

歌 谣

锄头不拿起，世人皆饿死。
拿起锄头来，打死狗地主！

题旨解读

这首“歌谣”创作于 1924 年秋。当时，作者担任广东省委农委书记，领导花县各乡农民成立农民协会。农协成立时，他到会演讲道：“今天，我们成立农民协会，耕田佬要团结起来，拳头要对准剥削穷人的财主佬！财主佬骂我们耕田人是牛精。我看，耕田人不是牛精，而是精于牛，力大于牛！宇宙乾坤，田里五谷，天下人吃的、用的、穿的，哪一件能离开耕田人！”接着，他用广东方言给大家唱了这首自己创作的作品。

作者简介

阮啸仙（1897—1935），广东河源人。1921 年参加广东的共产党早期组织。曾任团广东区委书记、中共广东区委农委书记、农民运动委员会委员。曾组织仁化起义，建立仁化苏维埃政府，被推选为苏维埃政府主席。长征初期，为掩护、支援中央机关与红军主力集结并安全突围，费尽心力。此后，他和刘伯坚等人率领赣南省党政机关也向赣粤边区突围。1935 年 3 月 6 日，在经过信丰上小埂时，被流弹击中牺牲。2009 年被评为“100 位为新中国成立作出突出贡献的英雄模范人物”。

何挺颖诗二首

寄谢左明

南京路上圣血[①]殷[②]，百年侵略仇恨深。
去休学者博士梦，愿作革命一新兵。

题旨解读

《寄谢左明》作于1925年，当时作者正在上海大同大学数学系学习。五卅惨案的发生，南京路上横飞的血肉，使他看到了帝国主义的凶残本性和中外反动派的沆瀣一气；也使他深深认识到，现在的中国最需要的不是“学者”“博士”，而是革命战士。因此，他决心投身革命洪流，为国家的独立、富强而奋斗。

再寄谢左明

四万万人发吼声，火山爆发世界惊。
中国有了共产党，散沙结成水门汀[③]。

---

① 圣血：为革命而流的血，圣洁而光荣。
② 殷（yān）：赤黑色。
③ 水门汀：水泥。

题旨解读

《再寄谢左明》作于1926年。五卅惨案前，不少国人心存悲观，认为“中国人是一盘散沙”“中国人只有五分钟的热度”“中国不亡，是无天理”等，为此作者十分迷茫。苦闷之中，他曾写下“散沙枉多四万万，热度只有五分钟！‘中国不亡无天理’？午夜徘徊心如焚。”这样一首忧心之作。但经过五卅运动这场斗争，他看到了千百万人民在中国共产党的领导下，迸发出的团结伟力。这两首诗很好地展现了一个革命青年思想转变的心路历程。

作者简介

何挺颖（1905—1929），陕西南郑人。1924年考入上海大同大学数学系，开始接受革命思想，次年入党。1926年夏受党组织派遣，参加北伐战争。1927年9月，参加湘赣边秋收起义，三湾改编后被任命为第一团三营党代表，随部进军井冈山。红四军成立后，任第三十一团党代表，率部参加了攻打龙源口、围困永新城等战斗，为创建井冈山革命根据地作出了重要贡献。1928年8月黄洋界保卫战中，与团长朱云卿一道指挥不足一营的兵力，凭险抵抗，击溃敌人四个团的轮番进攻，取得保卫战胜利。1929年1月14日，随毛泽东、朱德率领红四军主力离开井冈山，转战赣南、闽西。1月24日，在大余战斗中身负重伤；转移中途经吉潭村时再遭袭击，不幸牺牲。

许瑞芳诗一首

农人的叹声

农民苦真苦，清早去锄土，太阳已下山，做到二更鼓。
日光当头晒，汗如雨下注，风吹暴雨淋，正在田间做。
水旱天灾降，深夜睡不着，且幸秋收熟，大半交租谷。
镰刀方收藏，又要寻借户。春荒米陡涨，日子真难度。
官衙差警来，催粮太紧促，团丁作威福，兵士来拉夫，
难免将被捉，任你怎乞求，只是空泣诉。可怜衣无穿，
补上又加补。居住太窄狭，东倒西歪屋，四季无饱期，
时常要吃粥，儿女已长成，怎能教他读。人们卑贱我，
道是红脚肚①，一生白勤劳，为他人造福。总是要翻身，
快去找出路，大家来团结，别人靠不住，努力去斗争，
罢税抗租谷，个个去做工，人人来享福。

题旨解读

只有深知底层民众之苦，方能立下解民倒悬之志。作者出身穷苦农民，对农民遭受的劳作之苦、灾害之苦、饥寒之苦、警匪之苦、劳役之苦、欺凌之苦，深感悲愤，深怀同情。这是共产党人革命的动力所在，也是他们“为中国人民保幸福，为中华民族保复兴”的初心所在。

---

① 红脚肚：泥腿子；红，指皮肤发红，被晒黑。

作者简介

许瑞芳（1906—1934），江西临川人。幼时读书渐知军阀混战、社会动荡、百姓之苦，亦开始阅读革命刊物，树立革命理想。1926 年 10 月，北伐军攻打临川。许瑞芳组织学生、工人和郊区农民，借来一百多张长梯，趁夜搭在城墙上，为北伐军次日攻城立下功劳。不久加入中国共产党，开始发动工人运动。八一南昌起义部队经过临川时，许瑞芳与部分党员、团员参加起义军，转战广东。起义失利后，潜回临川，继续开展革命活动；曾遭捕，又曾到福建永安中学任教，以学校为阵地，传播革命思想。1931 年 11 月携家眷回乡，途中巧遇红军队伍，遂参加红军，被任命为红四军第十师宣传科长。1934 年 10 月参加长征，队伍途经石城与敌相遇，战斗中勇猛冲锋，不幸中弹牺牲。

曾莱诗四首

春

春来百花开满林，
米口袋撇紧，
无心去玩春。
工农同志要谋生，
军阀要打倒，
土豪要肃清。
同志们，下决心，
努力前进，
革命大功，
即将全告成。

夏

夏日田中谷子黄，
拌桶[①]乒乓响，
可望吃米粡粡[②]。
背时军阀真堪伤，
捐款多花样，
催兵如虎狼。

---

① 拌桶：打谷用的木桶。
② 粡粡：四川土话，即吃干饭之意。

挑黄谷，
折苛捐，
五拖六抢，
看着看着，
抢得精光。

秋

秋来桂花满园香，
军阀又打仗，
人民遭大殃。
丘八爷，下四乡，
挑抬拉汉子，
陪睡拖女娘。
倘若不依从，
要扳①要犟②，
钢枪一响，
命见无常③。

冬

冬日天寒雪花飘，
年关已将到，
心里慌又焦。
儿啼饥，女号寒，
衣服当完了，

① 扳：挣扎。
② 犟：倔强，不听话。
③ 无常：佛家语。借指人死。

红苕没一条，
债主家中逼，
如何是好？
起来革命，
才有下场！

题旨解读

农民是中国共产党领导的革命的主要同盟军，农民参加革命的动力是什么？是封建官僚势力的政治压迫和封建地主阶级的经济盘剥，而苛捐杂税与兵匪战乱就是其具体体现。作者的《春》《夏》《秋》《冬》四诗，描写的正是农民四时所受的这些苦难。这些诗歌写于1929年他在内江组织农民运动期间，是发动广大农民参加革命的很好的动员书。

作者简介

曾莱（1899—1931），四川荣县人，1928年4月加入中国共产党。后长期在家乡从事农运工作，历任自贡特委农运委员、内江县委书记、梁山（今重庆梁平）中心县委书记等职，是虎南大赤区领导人之一，荣县、内江等地群众因此称其为“农王”“曾圣人”。1931年秋被叛徒金方勋杀害于虎城。其妻杨锡蓉为搜查叛徒，亦牺牲。

沈迪群诗二首

青杠叶[①]

青杠叶，二面黄，四面八方在征粮。
征粮征得民叫喊，伤心伤意哭断肠。
若问征粮做啥子，他说拿去打内战！

苦竹叶[②]

苦竹叶，青又青，家家户户要抽丁[③]。
张家抽了张大定，石家又抽石耀廷。
张大定，石耀廷，丢下家中老小一大群；
挨饥受饿无依靠，哭哭啼啼有谁怜？

题旨解读

国民党挑起的内战，给百姓带来了深重灾难。作者来自社会底层，对百姓的苦难感同身受，其观察细致入微，笔端满含悲愤。诗里，因为反动内战的需要，本是一家人糊口的粮食，被强征抢走；本是家里顶梁柱的青壮年，被迫抛下家中老小去当兵，造成老人、孩子生活无着，只能挨饿哭啼。其行

① 青杠叶：青杠树的叶子。青杠树又名橡树，立秋后，树叶两面变黄。此诗运用起兴手法，借青杠叶变黄，喻时序入秋。

② 苦竹叶：苦竹的嫩叶，中药的一种，味苦，此处喻百姓生活之苦。

③ 抽丁：旧时强迫青壮年去当兵。

之恶、其情之惨，跃然纸上。

作者简介

沈迪群（1908—1949），四川南充人。1929 年加入中国共产党后，积极从事革命活动。1933 年，在三台县被军阀田颂光逮捕，出狱后与党组织失去联系。抗战期间，曾在《新南充报》《新蜀报》任编辑、记者。1945 年，在重庆创办《活路》半月刊，成为党在文化战线上的同盟军。1948 年 8 月 11 日，在为共产党员何忠发送信的路上，被特务逮捕。后被囚于重庆中美特种技术合作所渣滓洞集中营。置身于此，仍坚持学习英语，帮助难友学习文化。1949 年 11 月 27 日夜，在国民党特务的大屠杀中牺牲于渣滓洞。

王尽美诗五首

革命天才明

其一　对工人

工人白劳动，厂主吸血虫；
工人无政权，世道太不公；
工人站起来，革命打先锋！

其二　对农民

穷汉白劳动，财主寄生虫；
人穷并非命，世道太不公；
农民擦亮眼，革命天才明！

其三　对店员

店员白劳动，财东吸血虫；
人穷并非命，世道太不公；
工商联合起，革命无不胜！

其四　对学生

反帝反封建，“五四”大运动；
打烂旧社会，民族才振兴；
同学快觉醒，革命学列宁！

其五　对士兵

小兵死千万，大官立了功；
为何打内战，道理讲不清；
枪口要对外，反帝是英雄！

题旨解读

统治阶级对民众的压迫和剥削是沉重的、全面的。沉重在于程度，巧立名目，敲骨吸髓。全面在于范围，工农商学兵，都是他们盘剥、欺凌的对象。本诗反映的便是各阶层的生存现状。那如何求得自身的解放呢？作者指出，革命才是唯一的出路。

作者简介

王尽美（1898—1925），山东诸城人。1920 年与邓恩铭等发起成立励新学会，创办《励新》半月刊，研究、传播新思想和新文化，后接受马克思主义，与邓恩铭一道创建共产党山东早期组织。1921 年 7 月参加中共一大，思想得到升华，革命信念更加坚定，遂取“尽善尽美”之意，将本名王瑞俊改为王尽美。1922 年 7 月中下旬，出席中共二大。在此前后，受中央局指示，着力发展党组织，开展工人运动。奔波中积劳成疾，感染肺结核病，1925 年 8 月 19 日病逝于青岛。2009 年被评为“100 位为新中国成立作出突出贡献的英雄模范人物”。

闻一多诗一首

一句话

有一句话说出就是祸，
有一句话能点得着火。
别看五千年没有说破，
你猜得透火山的缄默？
说不定是突然着了魔，
突然青天里一个霹雳
爆一声：
“咱们的中国！”
这话教我今天怎么说？
你不信铁树开花也可，
那么有一句话你听着：
等火山忍不住了缄默，
不要发抖，伸舌头，顿脚，
等到青天里一个霹雳
爆一声：
“咱们的中国！”

题旨解读

对这个古老的祖国，作者激情如火，深沉如海，一句“咱们的中国”，就像贫而有志的孩子介绍自己父母时的自信与豪迈！而对那些自以为是、醉生梦死的反动统治者，作者疾恶如仇，连珠炮一样的语句，如子弹一般射向他们；如热油烈焰一般，炙烤着他们。难怪朱自清这样称颂作者："你是一团火，照亮了魔鬼，烧毁了自己！遗烬里爆出个新中国！"

作者简介

闻一多（1899—1946），湖北浠水人。1925 年毕业于美国科罗拉多大学。历任武汉大学、山东大学、清华大学、西南联合大学教授；后不满于国民党的腐朽统治，投身民主运动。1946 年 7 月 15 日，在悼念被国民党暗杀的民主人士李公朴的大会上，愤然发表《最后一次演讲》。下午，他亦被国民党特务暗杀，同行的长子闻立鹤身受重伤。此事与李公朴被杀案并称"李闻血案"，该案是解放战争期间导致舆情民意转折的重要事件。2009 年闻一多被评为"100 位为新中国成立作出突出贡献的英雄模范人物。"

车耀先诗二首

自誓诗（节选）

投身元元[①]无限中，方晓世界可大同，
怒涛洗净千年迹，江山从此属万众。

不劳而食最可耻，活己无能焉活人，
欲树真理先辟伪，辟伪方显理有真。

题旨解读

作者本是旧军人出身，在旧军队由兵士当到旅长，多次在军阀混战中负伤，一足残跛，乃退役，转而追求救国救民真理。诗中作者坚信，只要投身于工农大众的斗争，江山就一定会属于人民，共产主义也必将在全世界实现。作者最后表示，为了赢得这场革命斗争的胜利，创造一个太平世界，他愿意血荐轩辕，奉献自己的一切。

作者简介

车耀先（1894—1946），1929 年加入中国共产党，任川康军委特委委员，后在成都经营“努力餐馆”掩护革命活动。1940 年 3 月 18 日，在国民党制造的“抢米事件”中，与罗世文等同志一道被捕，先后被关押于贵州息烽监狱、重庆渣滓洞监狱。1946 年 8 月 18 日，被杀害于松林坡戴笠停车场。

---

① 元元：指工农大众。

信念如钢

罗学瓒诗一首

自　勉

书此以为异日遇艰难时之反省也。

不患不能柔，惟患不能刚；惟刚斯不惧，惟刚斯有为。
将肩挑日月，天地等尘埃。何言乎富贵，赤胆为将来。

题旨解读

这首自勉之作，是作者在湖南第一师范读书时写的；是为自己将来遇到艰难险阻时勉励自省而作。作者对自己要去承担的使命和必然遇到的艰险有着足够的心理准备。他准备磨砺自己的意志：一个人要做到逆来顺受、与世浮沉的“柔”并不难，难的是要做到遇险不惧、临难不苟的“刚”。只有具备了这种刚强，才能肩挑日月，胸怀天下，敝屣富贵，赤胆忠心谋未来。作者的襟怀与革命理想，于此可见一斑。

作者简介

罗学瓒（1893—1930），湖南湘潭人。1918 年作为首批会员加入新民学会。1919 年赴法国勤工俭学。因参加革命活动，于 1921 年 10 月被法国政府强行遣送回国，回上海后即加入中国共产党，此后在长沙从事工人运动。1925 年 11 月，任中共醴陵县委书记。1927 年春，陪同毛泽东对全县各地农民运动进行实地考察，为毛泽东撰写《湖南农民运动考察报告》提供了素材。大革命失败后坚持斗争，受中央委派，与夏明翰共同负责湖南省委组织部的工作。1930 年因叛徒出卖而被捕，在狱中坚强不屈，于 8 月 27 日凌晨，与其他 18 位同志一道，被国民党枪杀于杭州陆军监狱刑场。

向警予诗一首

溆浦女校校歌

美哉，庐山之下溆水滨[①]，
我校巍巍耸立当其前。
看呀，现在正是男女平等，
天然的淘汰[②]，触目惊心。
愿我同学做好准备，
为我女界啊大放光明。

题旨解读

在两千多年的中国封建社会里，妇女始终处于从属地位：她们在家从父，出嫁从夫，没有受教育权，没有婚姻自主权，有时候甚至是作为财产或礼物而存在。妇女地位的改变，是从辛亥革命开始的。作为新时代的女性，作者 1916 年从长沙周南女校毕业后，即回到家乡，创办溆浦县立女子学校，并担任校长。招收女孩子上学读书，这本是破天荒的事，而这首《溆浦女校校歌》，更把女孩子唱成与男人平起平坐的社会角色。这对于唤醒长期受压迫的妇女的独立意识，自然有着非同凡响的作用。

---

① 溆水滨：溆浦县立女子学校位于县城东南的溆水边。
② 天然的淘汰：指物竞天择、适者生存，生物不进化就要被淘汰。

作者简介

向警予（1895—1928），湖南溆浦人。出身富商之家。6岁入私塾，8岁时成为全县第一位女学生，进入长兄在县城开办的新式小学。辛亥革命后，先后在湖南省立第一女子师范学校、周南女校读书。在周南女校，因与蔡畅的同学关系而结识蔡和森、毛泽东。毕业后，怀着“妇女解放”和“教育救国”的抱负，回到家乡，创办了溆浦小学堂，担任校长，传授新知识，提倡新风尚，宣传新思想。1919年12月，同蔡和森、蔡畅及蔡母葛健豪等三十余人赴法勤工俭学。1920年5月，与蔡和森结为革命伴侣，期间还共同提出“中国共产党”的名称与成立计划。1922年初，加入中国共产党，成为最早的女共产党员之一。7月，在党的二大上，她当选为第一任女中央委员，担任党中央第一任妇女部长，开始领导中国最早的无产阶级妇女运动。五卅运动中，积极组织和领导上海妇女斗争。1925年10月，受党中央派遣，与蔡和森等赴莫斯科东方大学学习。1927年3月回国，在中共汉口市委宣传部和市总工会宣传部工作。1928年3月20日，由于叛徒出卖，在汉口法租界三德里被捕，5月1日就义于余记里空坪刑场。在赴刑场的路上，沿途向群众演说，刽子手无奈，竟向她嘴里塞石沙，又用皮带缚住其双颊。2009年向警予被评为“100位为新中国成立作出突出贡献的英雄模范人物”。

李慰农诗一首

游采石[①]乘轮出发

浩浩长江天际流，风吹乐奏送行舟。
问谁敢击中流楫[②]？舍却吾侪[③]孰与俦[④]！

题旨解读

这首诗约写于 1917 年。作者游玩采石矶，见江水浩荡，有感而作。感从国事而来。辛亥革命失败后，军阀统治下的中国四分五裂，官吏贪污昏聩，民众贫穷困苦，列强霸蛮横行，作为一个志在天下的有为青年，作者岂能无动于衷？他想起一千六百多年前的祖逖，同样是家国破裂，同样是舟行江中，祖逖击楫中流，以报国家，今天的中国，谁能救之？舍我其谁！

作者简介

李慰农（1895—1925），安徽巢县人。1922 年在法国勤工俭学时加入中国共产党。1923 年底，进入莫斯科东方大学学习。1925 年 5 月到青岛参加党的工作，开展工人运动。7 月 26 日夜，不幸被北洋军阀逮捕。7 月 29 日，在青岛团岛海滨的沙滩上被秘密杀害。

---

① 采石：采石矶，在今安徽马鞍山市长江东岸。
② 击中流楫：化用祖逖“击楫中流”、发誓收复中原的典故，表达诗人的慷慨志节。
③ 侪（chái）：同辈。
④ 俦（chóu）：同伴。

邓恩铭诗一首

述　志

赤日炎炎辞荔城，前途茫茫事无分。
男儿立下钢铁志，国计民生焕然新。

题旨解读

此诗约写于1917年，这一年作者16岁，从家乡荔波前往济南投靠叔叔黄泽沛。此时的作者虽然对人生前途茫然无绪，但年少的他，已立下了改天换地、造福民众的大志。成人必先立志，可见他走上革命道路，绝非一时之念。

作者简介

邓恩铭（1901—1931），水族，贵州荔波人。1918年考入济南省立第一中学，开始阅读马克思主义书刊，立下救民于水火的伟大志愿。1920年11月，与王尽美共同组织励新学会，并加入中国共产党。1921年赴上海出席中国共产党第一次全国代表大会。曾主持中共青岛市委工作。1929年1月19日，因叛徒出卖，在济南被捕。1931年4月5日，就义于济南纬八路刑场。2009年，被评为“100位为新中国成立作出突出贡献的英雄模范人物”。

高君宇诗一首

我是宝剑

我是宝剑，
我是火花，
我愿生如闪电之耀亮，
我愿死如彗星之迅忽。

题旨解读

这是高君宇生前自题照片上的一首言志诗，明快而决断，寥寥数语，即将熔铸于语言之中的崇高思想、战斗激情，以及以身许国、献身革命的大无畏精神，形象、凝练地表现了出来。这激情似火、大气磅礴的诗，也恰是高君宇短暂而光辉一生的真实写照。

作者简介

高君宇（1896—1925），山西静乐人。五四运动时为北京大学学生会负责人。1920 年 10 月，李大钊在北京建立共产主义小组，他是首批成员之一。1922 年当选为中国社会主义青年团第一届中央执行委员，同时还是中国共产党第二、第三届中央委员。曾担任孙中山秘书。于 1925 年 3 月 5 日病逝，墓葬北京陶然亭。三年后，其女友石评梅亦抑郁而终，同葬一地。

邓中夏诗一首

胜利

那[1]有斩不除的荆棘？
那有打不死的豺虎？
那有推不翻的山岳？
你只须奋斗着，
　猛勇的奋斗着；
持续着，
　永远的持续着。
胜利就是你的了！
胜利就是你的了！

题旨解读

这首诗，开头似奇峰突兀、惊涛拍岸，连用三个反问，就把横亘在革命者面前的“荆棘”“豺虎”和“山岳”，荡平铲尽，一扫而空！这与励人心魄的名句“有志者，事竟成”“世上无难事，只怕有心人”异曲同工。用理想、信念武装起来的革命者，“你只须奋斗着，猛勇的奋斗着；持续着，永远的持续着。胜利就是你的了！”至此，诗歌所具有的说服力和感染力，如春雷夏雨，倏忽间，便扑面而来了。

---

① 那：旧同“哪”。

作者简介

邓中夏（1894—1933），湖南宜章人。少年时代就读于湖南高等师范文史专修科。1917 年入北京大学国文门学习。参加过五四运动。1920 年 10 月参加北京地区共产党早期组织。后致力于工人运动，1923 年 2 月参与发动、领导二七大罢工，随后参加创办上海大学，任教务长。1925 年中华全国总工会成立后，任秘书长兼宣传部部长，参与组织、领导省港大罢工。1928 年赴莫斯科任中华全国总工会驻赤色职工国际代表。1930 年回国后任湘鄂西特委书记、红二军团（后改为红三军）政委、前敌委员会书记、中央革命军事委员会委员。1932 年秋，任全国赤色互济总会主任兼党团书记。1933 年 5 月 15 日晚，被法租界巡捕逮捕，化名施义，据理力争，请律师史良等帮助辩护，未暴露身份。后被叛徒出卖，押往国民党宪兵司令部监狱。狱中以坚定信念和钢铁意志，不为敌人金钱利诱和严刑摧残所动。1933 年 9 月 21 日黎明，在雨花台就义。2009 年被评为“100 位为新中国成立作出突出贡献的英雄模范人物。”

赵世炎诗一首

远望莫斯科

我们站立在巴黎铁塔顶上，
高处不胜寒，
一片茫苍苍。
翘首远望，
遥指北方，
万千风光，
令人神往！
听呵！列宁在演讲，
人民群众在拍掌，
《国际歌》响震云霄，
欢呼口号声若狂。
看呵！满天大雪，
无数红旗飘扬；
工农武装，
打倒了沙皇，
赶走了豺狼，
肃清着奸匪，
保护着党。
让我们齐声高呼：
共产主义万寿无疆。

题旨解读

这首诗是作者在巴黎勤工俭学时所作。全诗情感充沛、语言浅显、节律感强，热烈地表达了对革命的向往。

作者简介

赵世炎（1901—1927），四川酉阳人。1915 年考入北京高等师范学校附中，1920 年赴法勤工俭学，与周恩来等创建中共旅欧支部。1923 年回国后，先后任中共北京地委书记等职。1926 年任江浙区委组织部部长兼上海总工会党团书记，参加领导上海工人三次武装起义。1927 年 5 月，在中共五大上当选为中央委员，同年 6 月任中共江苏省委代理书记，7 月 2 日在上海被捕，19 日英勇就义。

瞿秋白诗一首

赤潮曲

赤潮澎湃，
晓霞飞涌，
惊醒了
五千余年的沉梦。

远东古国，
四万万同胞，
同声歌颂
神圣的劳动。

猛攻，猛攻，
捶碎这帝国主义万恶丛！
奋勇，奋勇，
解放我殖民世界之劳工，
无论黑，白，黄，无复奴隶种！
从今后，福音遍天下，
文明只待共产大同。
看！
光华万丈涌。

题旨解读

《赤潮曲》成诗于1923年，即作者采访苏俄归来后不久。在两年多的苏俄生活中，他感受到了无产阶级迸发出的翻天覆地的伟力，和工农革命带来的全新气象。他自己也在这个时代巨变中，从一个民主主义者成长为满怀无产阶级革命激情和崇高理想的共产主义者。《赤潮曲》即是这种革命理想的诗化。在诗中，无产阶级的世界观使作者以广阔的胸襟和高远的目光，概括了中国的过去、现在和未来，描绘出了历史的走向，视野广阔、内容深刻。“晓霞”喻示着革命事业生机勃勃、充满活力；“福音遍天下”则昭示着中国革命的成功，必将造福全世界人民。作者当时正在翻译《国际歌》，本诗的创作明显受到了《国际歌》的影响。

作者简介

瞿秋白（1899—1935），江苏常州人。1919年参加五四运动，1921年5月加入中国共产党。1923年夏，与于右任、邓中夏创办上海大学，任教务长兼社会学系主任。1925年5月，领导五卅运动，同时主编出版共产党第一张日报《热血日报》。1927年4月11日，为毛泽东《湖南农民运动考察报告》写序，热情赞扬这篇雄文。八七会议后担任临时中央政治局常委，主持中央工作，其间也犯过“左”倾盲动错误。因而1928年6月，中共在莫斯科召开六大后，留在莫斯科，任中共驻共产国际代表团团长，至1930年春被撤销职务，携妻杨之华回国。1934年红军主力长征后，留在根据地。1935年2月24日在福建长汀被敌保安团发现，突围不成被捕。初未暴露身份，后被叛徒指认。6月18日晨，写完绝笔诗后，在罗汉岭从容就义。2009年瞿秋白被评为“100位为新中国成立作出突出贡献的英雄模范人物。”

詹谷堂诗一首

茫茫四海起战争，苍生何日见升平？
大江一片狂浪起，斩尽妖魔济众生。

题旨解读

为着民众的幸福、为着民族的复兴，是中国共产党人发动、参加、领导革命的初心。眼见战乱频仍、生灵涂炭的现实，作者忧心国事、心系苍生，悲愤之中，也决然立下誓言：一定掀起革命的巨浪，除尽人间妖魔，解除民众痛苦，建设美好社会。

作者简介

詹谷堂（1883—1929），安徽金寨人。由于家境贫寒，直到 14 岁才开始上学，21 岁中秀才，后在家乡设馆教书，免费招收贫家子弟，并破例收女学生。1923 年 6 月，加入中国共产党，后到商城县第二模范小学任校长，秘密发展党员，组织农民协会，创办农民夜校和识字班。1929 年 5 月 6 日，领导商南立夏节起义，参与组建中国工农红军第十一军三十二师。7 月中旬，敌向商南地区猛扑，红军被迫向鄂豫边区黄安（今红安）、光山转移。他因患病，留在地方坚持战斗，后因坏人告密，在葛藤山獐子岩猴儿洞被捕。狱中多次审讯，经受各种酷刑，仍坚贞不屈。7 月 24 日晚被敌审讯拖回牢房后，他用手指蘸着伤口鲜血，在牢房墙壁上写下“共产党万岁”后牺牲。

陈潭秋诗一首

五一纪念歌

五一节，真壮烈，
世界工人大团结！
发起芝加哥，响应遍各国。
西欧东亚与美洲，
年年溅满劳工血！
不达成功誓不休，
望大家，齐努力，
切莫辜负五一节！

题旨解读

早期共产党人主要学习苏俄革命模式，在工人中办夜校、习字班，激发工人阶级觉悟，进而发动工人，开展工人运动。作者的这首诗，写于 1924 年“五一”前夕，是启发工人觉悟之作。他当时正在安源煤矿办工人俱乐部，这首诗即为矿工而歌。全诗通俗易懂、朗朗上口、易学易记，曾在矿工和当地小学生中广为传唱。

作者简介

陈潭秋（1896—1943），湖北黄冈人。1920 年与董必武、刘伯垂等 7 人创建武汉早期党组织。1921 年 7 月，与董必武一道参加中共一大，是中国共产党的创始人之一。此后，先后任中共安源地委委员、武昌地委书记、湖北区委组织部部长、江西省委书记、江苏省委组织部部长、满洲省委书记、江苏省委秘书长等职。红军长征时，留任中央苏区中央分局，领导开展游击战争，曾持枪与敌作战，负伤后赴上海治疗。1935 年 8 月，赴莫斯科参加共产国际第七次代表大会，留驻共产国际工作。1939 年 9 月回国，任中共驻新疆代表和八路军驻新疆办事处负责人。1942 年 9 月 17 日，被新疆军阀盛世才逮捕。敌人施以酷刑，逼他“脱党”，他拒不屈服。1943 年 9 月 27 日夜被秘密杀害于迪化（今乌鲁木齐）。2009 年被评为“100 位为新中国成立作出突出贡献的英雄模范人物”。

周逸群诗一首

废书学剑走羊城①，只为黎元②苦匪兵。
斩伐相争廿四史，岂无白刃可亡秦？

题旨解读

作者毕业于日本庆应大学，回国后本应该有很好的个人前途，但面对国内军阀混战、民不聊生的惨状，作为一个志在救国救民的青年，他岂能只想着个人的安逸与幸福？1924 年秋，听闻黄埔军校招生的消息后，他毅然从上海赶到广州，报考黄埔军校。彼时李侠公正在黄埔一期学习，本诗即是写给他的。

作者简介

周逸群（1896—1931），贵州铜仁人。1919 年春东渡日本，入东京庆应大学学习，期间接受马克思主义思想。1924 年 10 月入黄埔军校学习，11 月加入中国共产党。1926 年 7 月参加北伐战争，次年 8 月参加南昌起义。曾介绍贺龙加入中国共产党。起义在潮汕地区失利后辗转到上海。于 1929 年春，成立鄂西游击大队，后扩编为鄂西游击总队，兼任总队长，提出“你来我飞，你去我归，人多则跑，人少则搞”等游击战术，挫败国民党军多次“清剿”。先后担任中共湘西北特委书记，中国工农红军第六军政治委员，红二军团政治委员，中共前委书记。1931 年 5 月，在湖南岳阳贾家凉亭附近遭国民党军伏击，英勇牺牲。2009 年被评为“100 位为新中国成立作出突出贡献的英雄模范人物”。

---

① 羊城：广州别称。
② 黎元：百姓、民众。

潘忠汝诗一首

尧天舜日[①]事经过，世态崎岖要整磨。
不肯昏庸同草木，愿输血汗改山河。

题旨解读

本诗是作者在武汉中学读书时的作品。此时作者虽只是年轻学生，但在马克思主义思想的熏陶下，在董必武等人的教育下，已立下了改造旧中国的雄心宏愿，诗中豪情，呼之欲出。

作者简介

潘忠汝（1906—1927），湖北黄陂人。1924 年考入武汉中学，开始接触马克思主义。1926 年进入武汉中央军事政治学校学习，同年加入中国共产党。1927 年，被派往黄安任县公安局军事教练。1927 年 11 月 13 日与吴光浩、戴克敏等领导黄麻起义，率农民武装攻占黄安县城。同年 12 月 5 日，国民党十二军教导师夜袭黄安，他率城内军民英勇抵抗，曾六次进出城门，掩护战友突围。第七次往外冲时，不幸腹部中弹，壮烈牺牲。

① 尧天舜日：天下太平之意。

熊亨瀚诗一首

观　涛

大江东去，
浩荡谁能拒！
吾道终当行九域①，
慷慨以身相许。

大孤山②下停桡，
小孤山③上观涛，
热血也如潮涌，
时时滚滚滔滔。

题旨解读

奔涌不息的长江，常常引发人们无限的哲思感悟。这首《观涛》，便是作者在为革命事业奔波途中，看到长江上的连天波涛有感而发的作品。大江滔滔，向东奔流，不可阻遏，而自己参加的革命事业，不也正如这江流一般，是任何反动势力都阻挡不了的吗？联想到自己从事的事业最终一定会在全国胜利，那为它献出一切，又是何等庄严神圣！想到这里，革命豪情，不免如潮澎湃。

---

① 九域：相传大禹治水，分天下为九州，亦称九域。

② 大孤山：在江西省九江市东南鄱阳湖中，是湖水流入长江之处。

③ 小孤山：在江西省彭泽县北长江中，与大孤山遥遥相对。

作者简介

熊亨瀚（1894—1928），湖南益阳人。曾在旧民主主义革命路上苦苦求索，还曾亡命日本求学，但均找不到出路。五卅运动中，与共产党人何叔衡等交往渐多，开始接受马克思主义。1926 年春加入中国共产党。北伐战争中，担任湖南各界救护慰劳团团长。不久按照党的指示，担任湖南通俗日报馆馆长。“马日事变”后，曾参与组织十万农军反攻长沙行动。计划失败后，与夏曦、郭亮等遭到通缉，先潜回故乡，后去武汉，开设“湘益隆”杂货店，作为联络据点，但其行止仍被湘鄂两省反动分子侦悉。1928 年 11 月 7 日，国民党特务在武汉鹦鹉洲渡口将其逮捕。28 日，就义于长沙浏阳门外十字岭。

姚伯壎诗一首

危棋争一局，死里去逃生。
乾坤能整理，何必寿乔松①。

题旨解读

从在党旗下举起右手、向党宣誓的那一刻起，共产党人就已把生死置之度外，只要能打倒旧世界、建设新社会，他们并不在乎生命的长度。本诗很好地体现了作者的远大革命理想和超然无我的精神品格。

作者简介

姚伯壎（1909—1930），湖南醴陵人。1926年加入中国共产党。不久，担任中国共产主义青年团醴陵团委少共委员。1928年冬，任醴陵县赤卫纵队政治委员。1930年任湘鄂赣边区游击司令部地下工作队队长，于武汉大学设立私密机关。不幸于同年10月被捕，12月牺牲于武汉。

① 寿乔松：与乔松一样长寿。乔，高。

王麓水诗一首

挽李大钊烈士联

社会历史原空白，
你一笔，
我一笔，
写到悠长无纪极。

壮士烈士皆鲜红，
这几点，
那几点，
造成全球大光明。

1927 年春

题旨解读

1927 年，作者 14 岁，在萍乡南溪高小读书。在追悼李大钊烈士的大会上，他写出并朗诵了这首挽联。挽联不仅内容贴切、格律合范，更重要的是，把自己小小年纪就知道的唯物史观和革命信念传递了出来。

作者简介

王麓水（1913—1945），江西芦溪人。出身于雇农家庭。1932 年 5 月加入中国共产党，曾任红四军排长、连长、连政治指导员，红一军团政治保卫局科长、第二师五团特派员，参加了中央苏区历次反“围剿”和长征。到陕北后，任红一军团第二师五团政治委员。全国抗战爆发后，任八路军第一一五师三四三旅六八五团政训处主任，参加了平型关战斗。1938 年起任第三四三旅补充团政治委员、第一一五师晋西支队政治部主任，率部转战晋西地区。1940 年随陈士榘率部挺进山东，参与创建滨海抗日根据地。1942 年起任山东纵队第一旅政治委员，中共鲁南区委书记兼鲁南军区政治委员。1945 年 8 月，任山东军区第八师师长兼政治委员，同年 12 月率部围攻滕县（今滕州），亲临阵地前沿哨所观察地形，不幸身负重伤，英勇牺牲。

王幼安诗一首

就义诗

马列思潮沁脑骸，军阀凶残攫我来。
世界工农全秉政，甘心直上断头台①。

题旨解读

真正的共产党人是无私、无我的。写本诗时，作者已被深囚大牢，受尽酷刑，但他考虑的不是“小我”生命的长短，而是“大我”——工农大众何时取得革命胜利，何时掌握全国政权。这种胸襟，正是共产党人的伟大所在。

作者简介

王幼安（1896—1928），湖北麻城人。1922 年加入共产党。1927 年，受命作为国民党湖北省党部特派员返回麻城，任县教育局局长。当时黄麻起义在即，极需武器，他几经周折，在国民党驻军处弄到一批武器。他将这批武器装入棺内，正待启运时不幸被捕。狱中受尽折磨，作诗百余首，至死不屈。1928 年 2 月 17 日，高唱《国际歌》，于宋埠干沙河南畔壮烈就义。

---

① 断头台：法国大革命时期的刑具。此处指甘心为革命牺牲。

陈昌诗一首

壮志未酬身尚健，豺狼①当道志弥坚。
鸡鸣起舞迎新岁，披衣秉剑划长天。

1928 年除夕

题旨解读

此诗写于大革命失败之后。眼见战友一个个倒下，“豺狼”依旧横行，革命尚未成功，作者没有气馁悲观，反而更加坚定了革命志向，除旧迎新之际，更有闻鸡起舞、踔厉奋发之愿。

作者简介

陈昌（1894—1930），祖籍湖南浏阳，生于广西梧州。1911 年考入湖南第一师范，1918 年 4 月加入毛泽东等人创建的新民学会。1921 年冬，加入中国共产党。第一次国共合作期间，被推选为国民党湖南省党部执行委员。大革命失败后，至贺龙部任团长，并参加南昌起义。起义受挫后，辗转脱险回湘。1930 年 1 月，以中央特派员身份，赴湘鄂西根据地，途中于澧县不幸被捕。狱中被施以酷刑，始终坚贞不屈。2 月 24 日被杀害于长沙浏阳门外。

---

① 豺狼：指国民党反动派。

张剑珍诗三首

山歌三首

一

五更过哩鸡会啼，恶鬼[①]唔[②]使叫豺豺[③]。
敢搞革命唔怕死，剥皮抽筋骨还在。

二

你也唔使眼盯盯，莫看妹子身骨轻。
敢干革命唔怕死，唔怕山上睡草坪。

三

你莫切[④]来你莫愁，总爱革命有出头。
砸破泥碗用金碗，烧了茅寮住高楼。

题旨解读

这三首作品尽管是用方言创作，但语言浅白、直抒胸臆，全然写出了革命者不惧死、不畏难的钢铁意志和对美好未来的憧憬。歌谣易懂易记，具有

---

① 恶鬼：指反动派。
② 唔：不。
③ 豺豺：指恶鬼叫声。
④ 切：方言，其意不详。承上句或为“怯”。

很强的宣传性和动员力。

作者简介

张剑珍（1911—1931），广东五华人。父张少山，乃本地“聚昌号”老板，将十岁的她卖与同村胡某为童养媳。大革命时期，她参加农会，刻苦学习文化，因才思敏捷，善编歌谣、唱山歌，任农会宣传员。1928年夏，革命处于低潮时，她不畏艰险，上八乡山找到革命组织，留下当宣传员，兼做妇女工作。是年8月27日，她当向导，带赤卫队捉其父；适其父不在店，她便把店内财物没收，分给贫苦农民。当年加入党组织。1931年4月，红军撤离八乡山，她奉命转入紫金活动，过秋溪径时，不幸被捕。五华县警大队长张九华将其解回县城审讯，利诱不成，便用酷刑，她始终不屈。不久，在华城雷公墩从容就义。

蒲风诗一首

扑灯蛾

熊熊的火焰在燃烧，
无数的扑灯蛾齐向火焰中扑跳；
——先先后后，
没有一个要想退走！

哦！你渺小的扑灯蛾哟！
难道你不知道这烈火会把你烧？
难道你不曾看见
许许多多的同伴已在火中烧焦？

为着坚持自己的目标奋斗到底，
——不怕死！
为着不忍苟全一己的生命，
——不怕死！
扑灯蛾！扑灯蛾！
是否你们因此而继续
不断地投在火焰里？

熊熊的火焰在燃烧，
无数的扑灯蛾已在火中烧焦，
先先后后，没有一个要想退走！
啊啊！它们没有一个要想退走！

1929 年作
1930 年 3 月改

题旨解读

诗作写成于大革命失败之后。看到白色恐怖中革命者踏过同伴的尸首，揩干身上的血迹，穿过刀丛枪林，依然昂首前行的场景，作者的心震颤不已。这不是一群扑灯蛾吗?!难道他们不知道火焰在燃烧?没看见同伴已被烧焦?不!知道了，也看见了!但为着自己的奋斗目标，火焰如何?被烧焦了又如何?全诗运用借喻手法，很好地表现了革命者的理想情怀、坚定意志与牺牲精神。

作者简介

蒲风（1911—1942），广东梅县人。1927 年加入中国共产主义青年团。1931 年，在上海公学读书，不久参加“左联”，与杨骚、穆木天等组织中国诗歌会，任总务干事。1934 年东渡日本。1935 年，出版长篇叙事诗《六月流火》，其中“铁流”一节是最早歌颂红军二万五千里长征的诗歌。1938 年加入中国共产党，同年参加抗日军队。1940 年秋，党组织安排他与妻子谢培到皖南，在新四军军部做文艺宣传工作，曾任皖南文联副主任。“皖南事变”后，转移至淮南抗日根据地。1942 年 8 月 13 日，在安徽天长病逝。

江上青诗一首

十月底[1]旗帜（节选）

我们纪念它
——十月底旗帜！
我们底旗帜是红的，
它是火，它向太阳，
它象征我们底血，
它散发出来的是馥郁的香甜。
这刀和斧的旗帜，
用我们自己的意志，
将它高高地举起。
锤、犁耙、斧和刀，
在这旗帜底下的枪炮，
呵，生命的压榨的悲号！
总和起来，这是一块铁，
被掷到朝日去，用自己的力。
震撼世界的十月是历史的戏剧，当晨光射入的时候，
由地狱里的人们扮演。
十月以前那禽兽的意志支配人性，
经过了急风暴雨，响了巨雷，
生活在太阳里，由自己的意志，
慢慢地建筑起我们底乐园。

---

① 底：旧同“的”。

题旨解读

旗帜是什么？旗帜是理想，是信仰！十月的旗帜是什么？是革命的理想与信仰，是革命者的奋斗与牺牲！此诗写作于 1929 年，此时作者就读于上海艺术大学文学系，刚刚加入中国共产党。在确立了新的人生奋斗目标后，作者心绪振奋、精神饱满，因而创作了这首热血沸腾的诗作，以表达对党的忠诚，对敌人的憎恶与对胜利的坚定信念。

作者简介

江上青（1911—1939），江苏扬州人。1927 年加入中国共产主义青年团。1929 年就读于上海艺术大学文学系，同年转为中国共产党党员，并担任上海艺大地下党支部书记，从事地下学运工作。1938 年春夏时节，遵照党组织的指示到安徽大别山开展抗日宣传工作。1938 年 11 月，担任中共皖东北特别支部书记，到皖东北开展工作，与国民党安徽省第六行政区督察专员公署专员、第五游击纵队司令盛子瑾建立统一战线，担任其第六行政区专员公署秘书兼保安副司令、第五游击纵队司令部政治部主任。1939 年 3 月，中共皖东北特委成立，任特委委员。7 月 29 日，在做国民党地方实力派工作后，与盛子瑾等率部返回司令部，途中遭地主反动武装伏击，身中数弹，壮烈牺牲。2009 年被评为“100 位为新中国成立作出突出贡献的英雄模范”。

张自忠诗一首

诗一首

谁许中原与乱兵？未死总负报国名。
会有青山收骸骨，定教鸟兽①祭丹心。

题旨解读

作者本是忠勇爱国之士，但七七事变中，因秉承上意与日军周旋，反落得“汉奸”骂名，这让他一直悲愤难名，衷曲难诉。1939年夏，在重庆接受记者采访时，他曾对自己的字号“荩忱”这样解说：“‘荩忱’即忠臣，如今民国，没有皇帝，我们当兵的，就要精忠报国，竭尽微忱，故名‘荩忱’。”还说：“华北沦陷，我以负罪之身，转战各地，每战必身先士卒，但求以死报国。他日流血沙场、马革裹尸，你们始知我取字‘荩忱’之意！”他的这首诗，正是这番以死明志心迹的写照。1940年5月初，枣宜会战爆发，他壮烈牺牲。消息传来，举国悲恸。灵柩运往重庆时，沿途群众夹道路祭。到重庆时，蒋介石率全体军政委员前往码头迎接，扶棺痛哭，为之举行国葬。延安亦举行隆重追悼会，毛泽东、周恩来、朱德等分别题写挽联。

作者简介

张自忠（1891—1940），山东临清人。6岁读私塾，传统道德中的忠、

① 鸟兽：指那些诬他为汉奸的人。

孝、仁、义思想，由此深扎心中。1911 年冬，考入天津北洋法政学堂，开始接触孙中山的三民主义思想。当年底，秘密加入中国同盟会。1916 年 9 月，经人介绍加入冯玉祥部队，渐升至学兵团团长。1930 年中原大战中，任第六师师长，虽作战勇猛，然难挽颓势，冯大败，残部先被编成东北边防军第三军，后改番号为第二十九军，张为三十八师师长。1933 年长城抗战中，分别在遵化三屯营、罗文峪击溃日军。1936 年 6 月，任天津市市长，与日本人据理力争。七七事变发生时，代理北平市市长，出面与日本周旋，试图和平解决争端，因此被误为汉奸。此后率部参加临沂保卫战、徐州会战、武汉会战，升职至第五战区右翼兵团总指挥兼第三十三集团军总司令。1940 年 5 月，日军集结 15 万大军，发动枣宜会战。5 月 1 日，亲笔昭告所部各将出战，自己亲率 2000 余人东渡襄河，北进抗敌。激战至 16 日拂晓，所部退入南瓜店十里长山。日军借飞机大炮之利，疯狂冲锋，致所部伤亡殆尽。自晨至午，一直疾呼督战，左臂中弹仍不退。至下午 4 时，全军覆没，他亦力战殉国。1982 年，中华人民共和国民政部追认其为革命烈士。2009 年被评为“100 位为新中国成立作出突出贡献的英雄模范人物”。

赵博生诗一首

革命精神歌

先锋！先锋！
热血沸腾，
先烈为平等牺牲，
作人类解放救星。
侧耳远听，
宇宙充满饥饿声，
警醒先锋，
个人自由全牺牲。
我死国生，
我死犹荣，
身虽死精神长生，
成功成仁，
实现大同。

题旨解读

这首《革命精神歌》处处洋溢着理想主义情怀和慷慨激昂的斗志。它回答了两个问题：一、革命为何？为着众生平等和人类解放，为着劳苦大众不再忍饥挨饿！二、革命者又如何？革命者就是殉道者，需要有牺牲个人自由的自觉，和“我死国生，我死犹荣”的内在决心。只有如此，革命者的成仁之时，才是革命的成功之日。

作者简介

赵博生（1897—1933），河北黄骅人。1914 年考入保定军官学校第六期学习。军阀间的连年混战、民不聊生，使他感到极为痛苦。曾建立三民主义救国军，决定摆脱军阀控制，另辟革命新路，但没有成功。后来听说冯玉祥的部队纪律严明，于是投奔冯部。1930 年中原大战失败后，冯部被蒋介石收编。他接受第二十六路军总指挥孙连仲的邀请，担任该军参谋长，不久被蒋介石调到江西去剿共，这是他不愿去做的。他很早就派人联系过共产党，因多种缘由无果。二十六路军地下党组织也关注到他的政治态度，经考察，于 1931 年 9 月加入中共党员。1931 年 11 月 14 日晚，在共产党的领导下，他与董振堂、季振同等率部起义，是为宁都暴动。参加红军后，他任红五军团参谋长兼十四军军长。1933 年 1 月 8 日，在第四次反“围剿”黄狮渡战斗中，他在距国民党军队百米远的地方，一边指挥，一边回击敌人，不幸头部中弹牺牲。2009 年被评为“100 位为新中国成立作出突出贡献的英雄模范人物”。

陈寿昌诗一首

诗一首

身许马列安等闲，
报效工农岂知艰。
壮志未酬身若死，
亦留忠胆照人间。

1933 年底

题旨解读

理想与信念是人的精神力量的源泉。信仰马列主义、投身工农运动，当是何等崇高而伟大的事业！一旦置身其中，哪知什么艰难险阻呢？即便身死人亡，那份精神也长留人间。

作者简介

陈寿昌（1906—1934），浙江镇海人。书香门第出身。1922 年供职郑州电报局。1924 年加入中国共产党，此后投身工人运动。大革命失败后，从汉口辗转来到上海，先后任中共中央机关秘书、上海市政总工会党团书记等职。1928 年秋冬，调到中共中央特科，在敌军警宪特密布中，出色完成了党交给的情报联络、除奸反特、安全保卫，以及通讯、交通等任务。1933 年 2 月，任中共福建省委书记。7 月，又调任湘鄂赣省委书记及湘鄂赣军区政委。1934 年 11 月 22 日，在崇阳、通城边界爆发的老虎洞战斗中不幸中弹，当晚牺牲于崇阳河坪村。

续范亭诗一首

哭　陵

赤膊条条任去留，丈夫于世何所求？
窃恐民气摧残尽，愿把身躯易自由。

题旨解读

此诗写于1935年。时日寇步步紧逼，占我东北后，又觊觎我华北，作者深感民族危机严重，遂赴南京呼吁抗日。但国民党当局顽固坚持“攘外必先安内”方针，他悲愤至极，在南京拜谒中山陵时写下此诗，并在陵前剖腹自戕，要求抗日。同所有杀身成仁、舍生取义者一样，他看轻自己的肉体生命，忧心的是民气被国民党当局的这种消极态度摧残殆尽，他无可奈何，只有用身躯来唤起那抗日的自由！

作者简介

续范亭（1893—1947），山西崞县人。早年参加同盟会。辛亥革命时，任革命军山西远征队队长。1925年前后任国民军第三军第二混成支队参谋长、第六混成旅旅长。大革命期间，在西安担任军事政治学校校长，与共产党人有过接触。后悲愤于国民党对日本侵略的妥协而隐退。全国抗战爆发后，与共产党人合作创建山西新军。1940年1月15日晋西北行政公署成立，任行署主任。1947年9月12日病逝，遗书请求加入中国共产党，后被中共中央追认为中国共产党正式党员。

黄诚诗一首

亡　命

茫茫长夜欲何之？银汉低垂曙尚迟。
搔首徘徊增愧感，抚心坚毅决迟疑。
安危非复今朝计，血泪拼将此地糜①。
莫谓途难时日远，鸡鸣林角现晨曦。

题旨解读

这首《亡命》，是作者于1936年2月29日晚上，在国民党调集军警闯入清华大学，搜捕进步学生时所作。作者当时是学生领袖，是国民党当局要抓的重点对象。这天夜里，他和好友姚依林一起躲避在冯友兰教授家中。面对黑云密布的漫漫长夜，他反复思索人生道路问题。最终，他下定决心不再迟疑，不去考虑生命的安危，而决心把自己的生命奉献给这片苦难深重的大地。别说路途艰难、天亮尚早，雄鸡已鸣、晨曦已现，光明就在前方。此诗表达了作者不计个人安危，全然献身革命的决心和情操。

作者简介

黄诚（1914—1942），河北安次人。九一八事变后投入救亡运动。1934年9月考取北平清华大学地学系。华北事变后，日寇侵略加深。1935年9

① 糜：腐烂；糜烂。指日寇入侵、山河破碎、国家危亡之局面。

月，清华学生自治会成立救国会，黄诚被推选为主席。后任北平学联主席，开展学生运动，不久在组织学生游行示威，声援“救国会七君子”事件中被捕入狱。全国抗战爆发后，出狱离开北平到武汉，与中共中央长江局取得联系，到皖南做统战工作。1938 年春，到新四军一支队工作，不久调到军部，任军政治部秘书长。皖南事变中不幸被俘，被关押在上饶集中营，狱中与敌进行了英勇斗争。1942 年 4 月 23 日，从容就义。

杨虎城诗一首

诗一首

西北大风起，东南战血多。
风吹铁马动，还我旧山河。

题旨解读

此诗抒发了作者在国家多事之秋的慷慨情怀，创作于“西安事变”之后。当时作者被解职，派往欧洲考察，并且规定不得到命令不能回国。而此时日寇不仅在平津，而且在淞沪一带也挑起战事，身在国外的作者忧心如焚，再三请求回国而不得，遂在苦闷之中，愤然完成此诗。诗作化用岳飞名句，慨然表达了驱除倭敌、匡复神州之志。全诗寥寥数语，把作者盼望驰骋疆场、忠心报国的爱国情怀展现得淋漓尽致。

作者简介

杨虎城（1893—1949），陕西蒲城人。1915 年，率众参加陕西护国军，后参加护法战争，先后任陕西靖国军左翼军支队司令、陕北国民军前敌总指挥等职。北伐战争中，率部坚守西安。先后任第七军军长兼第十七师师长、第十七路军总指挥、陕西省政府主席。九一八事变后，反对蒋介石“攘外必先安内”政策，积极主张抗日，遂暗中联络红军、联合张学良，于 1936 年 12 月 12 日发动“西安事变”，促成了国内内战的停止，但他却被蒋介石囚禁 12 年。1949 年 9 月 6 日，与幼子、幼女及秘书宋绮云一家在重庆戴公祠遇害。2009 年被评为“100 位为新中国成立作出突出贡献的英雄模范人物”。

朱学勉诗一首

有　感

男儿奋发贵乘时，莫待萧萧两鬓丝！
半壁河山沦异域，一天烽火遍旌旗。
痛心自古多奸佞，怒发而今独赋诗。
四万万人同誓死，一心一德一戎衣。

题旨解读

这首诗写于 1937 年 8 月。当时全民抗战爆发，华北战事激烈；东南淞沪一线，战幕已经拉开。面对日寇入侵、山河破碎、战火遍燃的局面，作者将内心的焦虑、痛苦和愤怒，发抒于笔端，凝成了此诗。同时也表达了全民团结、誓死抗敌的愿望，爱国之情，溢于言表。

作者简介

朱学勉（1912—1944），浙江宁海人。1937 年全国抗战爆发后奔赴延安，进陕北公学学习，加入中国共产党。先后任中共鄞县县委书记、中共宁波中心县委组织部部长、中共余姚中心县委书记。“皖南事变”后，任中共诸暨县委书记，曾组建抗日武装，开展对敌斗争。1944 年 5 月 27 日在诸暨北乡墨城坞与日伪军作战时，胸部中弹牺牲。2020 年 9 月 2 日，入选第三批著名抗日英烈名录。

余祖胜诗一首

晒太阳

太阳倾泻在石头上，
温暖着我的身躯，
呵，这也触犯了吸血鬼的法律！
“哼！不讲羞耻！”
眼珠翻滚，
怒目瞪瞪。

在这人和兽混居的城堡里——
　道德、法律、武力、金钱……
　全是吃人的野兽！
春天，是强盗们的，
穷人永远生活在冬天里。
愤怒地站在石头上，
我要回答——
　总有一天，我们将
　站在这个城堡上，
高声宣布：
太阳是我们的！

1947 年 3 月 9 日

题旨解读

晒太阳，本是生活中再常见不过之事；然而，在渣滓洞这个人间地狱，晒太阳却成了一种奢望，成了革命者得咎的罪行！因为，“呵，这也触犯了吸血鬼的法律！……春天，是强盗们的，穷人永远生活在冬天里”。然而，在这个暗无天日的地方，作者依然对革命的前途充满信心：“总有一天，我们将站在这个城堡上，高声宣布：太阳是我们的！”相信统治者听了这声音，是不会不发抖的。

作者简介

余祖胜（1927—1949），江西湖口人。1936年举家迁往武汉谋生。其父当时在汉阳工作，工资常被克扣，还不时遭人打骂。他看在眼里，恨在心里。1939年进夜校补习，开始阅读《新华日报》，接受进步思想熏陶；1944年秋，考入第二十一兵工厂附设第十一技工学校半工半读，1946年，以苍扉笔名在《新华日报》上发表《丐童》一诗，此后，又写了大量诗歌，揭露国统区的黑暗。1947年5月加入中国共产党。《挺进报》事件发生后，因叛徒出卖，于1948年4月7日被捕，囚于中美合作所集中营渣滓洞监狱。狱中坚贞不屈，勤奋学习革命理论和外语。人民解放军占领南京的消息传来后，他利用废牙刷柄刻出一百多颗五星、红星等小工艺品，用英文镌刻“革命到底”“不自由毋宁死”“共产党万岁”等口号，激励难友的革命斗志。1949年11月27日，被国民党集体屠杀于渣滓洞。是长篇小说《红岩》中余新江的原型。

如火岁月

姚有光诗一首

诗一首

我是新干姚有光，轻摇竹筏往南昌。
多谢你们有心送，到处设卡和站岗。

题旨解读

在革命烈士留下的众多诗作中，本诗与众不同，饶有风趣。在白色恐怖下，他曾巧妙闯过敌人封锁线。于是完成转移任务后，他写了这首诗。在作者看来，敌人虽然布下了天罗地网，却漏洞百出，无法阻止革命者的自由行动。诗作对愚蠢敌人劳而无功的嘲笑，对革命者勇敢机智的自豪，全以轻松诙谐语言道出。一个“轻”字，一个“谢”字，何等传神！

作者简介

姚有光（1906—1927），江西新干人。18 岁时开始阅读进步书刊，并加入社会主义青年团。1925 年组织群众声援五卅运动。1926 年 3 月，加入中国共产党。1927 年初，先后任新建、新干、峡江三县农运特派员。“四一二”反革命政变后，奉调省农协工作。同年 8 月 1 日，参加南昌起义，后服从组织决定，留在南昌进行地下革命活动。11 月初，不幸被捕，11 月 21 日黎明，被国民党秘密枪杀。

吴焕先诗一首

深山密林是我房，沙滩石板是我床。
不管敌人多凶残，坚决斗争不投降。
赤胆忠心为工农，气壮山河志不移。
何畏今日艰难苦，坚持斗争定胜利。

题旨解读

1927年冬，黄安城失守，作者等率黄麻起义余部72人上木兰山打游击，次年春才下山。在此斗争过程中，为表达革命到底的决心，作者写了本诗。诗用素描手法，写出了革命斗争的艰难场景。但这显然不是作者所要表达的重点。诗中高扬的坚定意志、赤胆忠诚与必胜信念，才是一个革命者精神境界的真实写照，也是本诗激励人、感染人的关键所在。

作者简介

吴焕先（1907—1935），河南新县人。1925年加入中国共产党。后回家乡组织农民协会，建立农民武装。为了革命，六位亲人惨遭国民党杀害。1927年9月，根据八七会议精神，领导当地“九月暴动”。11月率农民武装参加黄麻起义。1928年5月，与吴光浩、戴克敏、曹学楷等，领导创建了鄂豫皖边区第一块革命根据地——柴山保。1934年11月11日，与军长程子华、副军长徐海东率部进行长征，创建了鄂豫陕革命根据地。1935年8月21日，率部于甘肃泾川四坡村附近南渡汭河，以迎接党中央、会合陕甘红军时，遭国民党军突然袭击，在抢占制高点战斗中中弹牺牲。2009年被评为“100位为新中国成立作出突出贡献的英雄模范人物”。

何叔衡诗一首

诗一首

身上征衣杂酒痕，远游无处不消魂[①]。
此生合[②]是忘家客，风雨登轮[③]出国门。

题旨解读

这首诗由南宋诗人陆游的《剑门道中遇微雨》改作而成。陆游诗云："衣上征尘杂酒痕，远游无处不消魂。此身合是诗人未？细雨骑驴入剑门。"骑驴走在蜀道上，要到成都去做参议的陆游，路上遇上小雨，雨丝扑在脸上，颇有几分凉意，衣服也濡湿了。四望雨中的剑门景色，低头看看自己这身染有风尘和酒痕的衣服，禁不住自问道："我这辈子合该就只是一位诗人了？"1928 年去莫斯科学习的作者，途经东北哈尔滨时，想起陆游这首名作，不免触发心底某种深沉感受。但何叔衡抒发的却是"此生合是忘家客，风雨登轮出国门"——在这个风雨如晦、革命形势危急之时，"我"被派到莫斯科学习，看来这辈子注定要做一个舍家救国的天涯行路人了。诗中有对家庭和亲人的歉疚，更有对革命理想的坚定与执着。

---

① 消魂：同"销魂"，此处指极度悲愁。

② 合：应该。

③ 风雨登轮：指当时蒋介石背叛革命，到处屠杀共产党人和革命群众。作者在危急形势之下，被派往莫斯科学习。这一年，作者 52 岁。

作者简介

何叔衡（1876—1935），湖南宁乡人。从小一边务农，一边读私塾。中秀才后，县府让他管钱粮，他却愤于衙门黑暗，回家种田、教私塾。1913年，考入湖南省立第一师范讲习班，与毛泽东、蔡和森等成为好友。1920年冬，与毛泽东共同发起成立湖南早期党组织。1921年7月，出席中国共产党第一次全国代表大会，为代表中年龄最长者。此后主要在湖南开展革命活动。1928年6月，赴莫斯科出席中共六大。9月入莫斯科中山大学，与徐特立、吴玉章、董必武、林伯渠等编在特别班学习。回国后，先在上海负责全国互济会，组织营救被捕同志；后进入中央苏区，陆续担任临时中央政府工农检察人民委员、内务人民委员部代部长、临时最高法庭主席等职。1934年10月中央红军主力长征后，奉命留下坚持游击战争。1935年2月24日，从江西转移福建途中，在上杭县水口镇小径村被敌发现、包围，为不拖累战友，他跳崖自杀，重伤后被团丁杀害。2009年被评为“100位为新中国成立作出突出贡献的英雄模范人物”。毛泽东评价他“叔翁办事，可当大局”。

蔡济璜诗一首

明月照秋霜，今朝还故乡；
留得头颅在，雄心誓不降。

题旨解读

理想信念是共产党人的政治灵魂，有了这种政治灵魂，就会处险而不惊、临难而不苟、刀锯加身而不改。作者这首诗中闪耀的正是这样高洁不屈的灵魂。

作者简介

蔡济璜（1905—1928），湖北麻城人。1925 年高小毕业后，考入武昌启黄中学，在董必武的培养教育下，加入中国共产党。1926 年夏回麻城从事农民运动，先后任中共麻城特支书记、县委书记。1927 年 4 月，土豪劣绅丁岳屏、王仲槐纠集反动民团、红枪会匪近万人向麻城进攻，制造了“麻城惨案”。他临危不惧，一面指挥城关工人、农民坚守城池，一面派王树声赴武汉求援。毛泽东、董必武派来援军解了麻城之围，并镇压了一批反动分子。大革命失败后，蔡济璜参与领导黄麻起义，后率部分起义军在麻城坚持斗争。1928 年 1 月 5 日，与县委委员刘文蔚、邓天文在顺河集赤脚寺开会，遭告密，被反动民团袭击，不幸被捕，两天后被杀害于林店河。

赵一曼诗一首

滨江抒怀

誓志为国不为家，涉江渡海走天涯。
男儿岂是全都好，女子缘何分外差？
一世忠贞兴故国，满腔热血沃中华。
白山黑水除敌寇，笑看旌旗红似花。

题旨解读

这是一首英姿飒爽、壮怀激烈的革命诗歌，抒发了作者在黑龙江畔抗日救国的爱国情怀。首联“誓志为国不为家，涉江渡海走天涯”，写出了革命者舍家为国、奔走革命的豪迈；颔联“男儿岂是全都好，女子缘何分外差”，更突出了革命者不分性别、女性同样杰出的自信；颈联“一世忠贞兴故国，满腔热血沃中华”，则表达了以身许国的志向；而尾联“白山黑水除敌寇，笑看旌旗红似花”，豪迈中流露了女性的柔美气质，为全诗染上了女烈士的生命印记。

作者简介

赵一曼（1905—1936），四川宜宾人。1926 年加入中国共产党。1927 年进入武汉军事政治学校学习。九一八事变后，遵照党组织安排，到东北领导工人运动，后任东北人民革命军第三军第二团政委，率部活动于哈尔滨以东地区，给日伪以沉重打击。1935 年 11 月在与日军作战中，腿部负伤被俘。

狱中忍受酷刑，未吐露任何信息，还动员看守她的警察与护士助其逃离日军魔掌。1936年8月2日，牺牲于珠河县小北门。2009年被评为“100位为新中国成立作出突出贡献的英雄模范人物”。

谢晋元诗一首

七　绝

勇敢杀敌八百兵，抗战豪情以诗鸣。
谁怜爱国千行泪，说到倭奴①气不平。

1937 年 10 月

题旨解读

本诗也是一首战地诗，成诗于“四行仓库保卫战”的战场。因而，诗中既有满怀豪情，也有切齿悲愤。悲在哪？悲在国力贫弱、武器落后、抗敌乏力，时时遭受挨打之辱。为何愤？愤在侵略者嚣张猖狂、野蛮凶残。这样写来，诗中的爱国深情与悲壮情怀，也就不言自明了。

作者简介

谢晋元（1905—1941），广东蕉岭人，1925 年从国立广东大学毕业后，转考黄埔军校第四期。1926 年 7 月提前毕业，被编入国民革命军第一师，参加北伐战争。1932 年“一・二八”事变时，已调至十九路军蔡廷锴部，与全军英勇抗敌一月有余。淞沪会战时，参加闸北八字桥战斗，任五二四团团副，后团长牺牲，接任其职，率部驻防闸北火车站，与敌激战两月余。10 月 27 日，为掩护数十万大军西撤，所部负责断后掩护，他率 400 余人（对

① 倭奴：指日本侵略者。

外称800余人）阻敌于四行仓库，是为“四行仓库保卫战”，参战官兵亦被赞为“八百壮士”。此战后，部队撤入租界。伪政权成立后，对他多次封官诱降，他不为所动，后伪政府收买叛徒，于1941年4月24日早操时趁其不备，将其刺杀。2015年12月17日，民政部正式批准追授谢晋元为烈士。2020年8月14日，讲述“四行仓库保卫战”的电影《八佰》举行全球云首映礼。

袁国平诗一首

和毛主席长征诗

万里长征有何难？中原①百战也等闲②。
驰骋潇湘③翻浊浪，纵横云贵等弹丸④。
金沙大渡征云暖，草地雪山杀气寒。
最喜腊子口外月，夜辞茫荒笑开颜。

题旨解读

和毛泽东的《七律·长征》一样，这首唱和之作，也是以磅礴大气之笔，纵写长征的历程与艰难；其中洋溢的乐观主义情怀，也同声同调。由此可以看出，自信乐观与坚定豪迈，当是共产党人留下的共同精神财富。

作者简介

袁国平（1906—1941），湖南邵东人。1925 年 10 月考入黄埔军校第四期，同年底加入中国共产党。此后，先后参加北伐战争、南昌起义、广州起义、五次反“围剿”作战和红军长征。历任西北革命军事委员会后方办事处政治部主任、西北红军大学政治委员、新四军政治部主任等职，为红军培

① 中原：本指黄河流域，此处指中国。
② 等闲：平常事。
③ 潇湘：潇水湘水均在湖南，因此也用以泛指湖南。
④ 等弹丸：把云贵高原看得像弹丸之地，极力写出了红军纵横驰骋之气。

养了大批干部。1941 年 1 月“皖南事变”时，军长叶挺被扣。万分危急中，他挺身而出，指挥被打散的一部分部队继续突围北撤。激战中身负重伤，为不拖累同志，举枪自尽，实现了“不做俘虏”的诺言。

戴安澜诗二首

远 征

一

万里旌旗耀眼开，王师出境岛夷①摧。
扬鞭遥指花如许②，诸葛前身今又来。

二

策马扬鞭走八荒，远征功业迈秦皇③。
澄清宇宙安黎庶，手挽长弓射夕阳④。

1942 年 3 月

---

① 岛夷：指日本国，其国由岛屿组成。古称东方族群为夷。

② 扬鞭遥指花如许：1942 年 2 月远征军出国时，即向缅甸同古进发。沿途所见山峦起伏、林木葱茏。道路两旁，芸香草怒放、馥郁扑鼻。芸香草为滇西缅北特有植物，高一米许，叶有异香，可入药，有驱寒祛湿、行气止痛、防腐杀菌之用。传说诸葛亮远征南蛮时，瘴烟大起，军中人马病死无数。后得高人指点，自山中采摘芸香，人含一片，遂瘴气不染，病患全除，大败孟获。待诸葛亮回师北返，蛮人留之。诸葛亮安慰说：“吾将重来。”蛮人问重来之期。诸葛亮指着遍山芸香说：“此草开花之期，则吾重来之时矣。”意为芸香开花，百年难遇。中国远征军进兵缅甸，巧遇芸香花开，灿若云霞。作者挈兵远行，壮志凌云，又见仙草开花，迎迓王师，不禁心血澎湃，遂有此句。

③ 远征功业迈秦皇：秦始皇统一天下，大军曾远征西南，置桂林象郡。作者率军远征，其地亦在西南，且更远于秦皇，故有此说。

④ 夕阳：指侵略国日本。日本以太阳为旗号，而今夕阳西下，即将灭落矣。

题旨解读

中国远征军是甲午战争以来，屡受外敌入侵的中国安排出国作战的第一支军队。爱国情深的作者，心中的豪气与决心是可以想象的。因而，在这两首诗中，他以诸葛武侯南征自勉，表达了中国远征军将士扫灭日寇、澄清寰宇的豪情壮志。

作者简介

戴安澜（1904—1942），安徽无为人。1926 年 1 月毕业于黄埔军校第三期，同年参加北伐，渐升至团长。1933 年 3 月，参加长城古北口抗战。1937 年 8 月，升任第二十五师七十三旅旅长。1938 年 3 月台儿庄战役中，率部火攻陶墩、智取朱庄、激战郭里集。1939 年 1 月 5 日，升任第二百师师长。随即参加随（县）枣（阳）之战、长沙保卫战。11 月下旬，率部参加桂南昆仑关战役。1942 年初，率第二百师作为中国远征军的先锋赴缅参战，取得同古大捷、收复棠吉等战功。然而，由于盟军方面配合等原因，5 月初，中英盟军全面溃败。5 月 18 日在郎科地区指挥突围战斗时，被敌机枪子弹射中胸腹部，26 日下午在缅北茅邦村殉国。10 月 29 日，美国政府向其颁授懋绩勋章，这是二战中第一位获得美国勋章的中国军人。中国共产党高度颂扬其英雄气概和壮烈事迹。1956 年 9 月 21 日，中央人民政府内务部追认其为革命烈士。2009 年被评为“100 位为新中国成立作出突出贡献的英雄模范人物”。

铁骨柔情

袁玉冰诗一首

勖[1] 弟

人生难得是青春，要学汤铭[2]日日新。
但嘱加鞭须趁早，莫抛岁月负双亲。

1919 年

题旨解读

这是一首励志诗，是作者创作的激励其弟珍惜时光、勤勉学习的作品。关于此类题材的诗作，历代诗人如朱熹等写过不少，它们已成为中华传统文化的一部分。中国共产党人是中华传统文化的继承者，作者此诗承袭了传统家教、师教中的勖勉特色，以兄勖弟。这与我们今天所倡导的不负青春、不负韶华完全同义，也足见历经百年风雨，中国共产党人的精神底色始终未变的事实。

作者简介

袁玉冰（1899—1927），江西泰和人。1922 年秋考入北京大学哲学系，并很快结识李大钊，经李大钊介绍，加入中国共产党。1923 年回南昌与赵

---

① 勖（xù）：勉励。

② 汤铭：《大学》汤之盘铭曰“苟日新，日日新，又日新”，这是商汤刻在浴器上的铭辞。

醒侬、方志敏一起从事革命活动，第二年春赴莫斯科东方大学学习，1925年冬回国。先后任上海青年团地委书记、共青团江浙区委组织部主任、共青团江西省委书记、中共九江市委书记、兴国县委书记、中共赣西特委书记等职。1927年12月13日到南昌向省委汇报工作时，因叛徒告密不幸被捕，12月27日在南昌下沙窝英勇就义。

刘谦初诗一首

就义前给妻子的遗书

我现在临死之时，
谨向最亲爱的母亲和亲爱的兄弟们告别！
并向你坚握告别之手，
望你不要为我悲伤，
希你紧记住我的话，
无论在任何条件下，
都要好好爱护母亲！
孝敬母亲！
听母亲的话！
你的快乐，也就是我的快乐；
你的幸福，也就是我的幸福！

题旨解读

在即将走向刑场之际，在很快就要走到生命终点之时，一个共产党人该向他的妻子交代什么呢？是安排家里的存款，分配自家的土地、房屋，还是告诫妻子，带着孩子避祸远走，隐身自保？不！不是！都不是！作者在这首诗中，叮嘱自己妻子的，是不要为他悲伤，不要为他消沉，而要爱护“母亲”，孝敬“母亲”，听“母亲”的话！诗中的“母亲”都是指党中央。什么叫对党忠诚？这就是活生生的典型。

作者简介

刘谦初（1897—1931），山东平度人。1913 年考入平度知务中学，三年后，为反对袁世凯复辟帝制，曾投笔从戎，参加中华革命军东北军第三支队炮兵团。后因作战英勇，被授予“山东三支队义勇奖牌”。1918 年考入齐鲁大学预科。1922 年考入燕京大学，与李大钊领导的学生组织建立了秘密联系，接受中共地下党组织的领导。1927 年 1 月，加入中国共产党。同年，遇到时任中共京山县委副书记的张文秋，不久与其结为夫妻。此后曾在江苏、福建、山东等地工作，历任中共福建省委、山东省委书记等职。1929 年 8 月 6 日，经青岛赴上海向党中央汇报工作，不幸在火车上被捕。在狱中同敌人进行了顽强的斗争，并以惊人的毅力，在阴暗光线下，翻译了《反杜林论》；参与领导了绝食、越狱斗争，并以巧妙方式写信给党中央和省委，汇报狱中斗争情况。1931 年 4 月 5 日，高唱《国际歌》，高呼“中国共产党万岁”，慨然就义。

李少石诗一首

寄　内①

一朝分袂两相思，何日归来不可期②。
岂待途穷方有泪③，也惊时难忍无辞。
生当忧患原应尔，死得成仁未足悲。
莫为远人憔悴尽，阿湄犹赖汝扶持。

题旨解读

本诗是作者写给妻子的诗。作者为革命四处奔波，两人分别已久，妻子既担心又思念，不免写信询问归期，但一个革命者，随时听从党的召唤，四海为家，归期难定啊！想起晋朝那位阮籍，坐车出外，途穷才哭着回来，但自己哪要等到途穷时才伤心一哭呢？看到国家被侵、人民遭难，自己早已是热泪盈眶，忍不住一腔愤慨。活着就承受这份忧患，死了则取义成仁。亲爱的，你不必为我挂心悲伤，我们的女儿还要靠你来抚养长大啊！一位饱读诗书的共产党人的儒雅渊博，及与妻子的意笃情真，和心忧天下的家国情怀，全在这一纸诗笺中了。

---

① 寄内：内，内子、内人，妻子的别称，此处指廖梦醒。

② 何日归来不可期：此处化用唐代诗人李商隐名句“君问归期未有期”。

③ 途穷方有泪：出自典故“穷途之哭”。晋代隐士阮籍因不满现实，常坐车外出，碰到路走不通时，便痛哭返回。

作者简介

李少石（1906—1945），广东新会人。少时在香港皇仁书院读书，后随家人迁居广州，入岭南大学，与廖梦醒同学。1925年参加社会主义青年团，次年入党。1927年赴香港从事秘密工作。1930年与廖梦醒结婚，婚后在港岛西环一偏僻地方建联络站。1932年奉命到上海工作。1934年因叛徒出卖被捕，直到1937年才获释出狱。1943年赴重庆工作，任周恩来英文秘书。1945年10月8日傍晚乘车前往沙坪镇。途中，因司机撞伤一名国民党士兵，怕停下惹事，遂继续前开，对方开枪，击中李少石。司机虽立即送李少石到医院抢救，但因流血过多，李不幸身亡。时值重庆谈判期间，毛泽东在谈判结束离渝登机前，写下了“李少石同志是个好共产党员，不幸遇难，永志哀思”的题词。

贺锦斋诗二首

一

云遮雾绕路漫漫，一别庭帏①欲见难。
吾将吾身交吾党，难能菽水②再承欢。

二

忠孝本来事两行，孝亲事望弟承担。
眼前大敌狰狞甚，誓为人民灭虎狼。

题旨解读

革命者虽然立志革命，但他们也是人，也有普通人的亲情、友情和爱情。只不过自古以来，忠孝难全，在革命重任面前，他们更多的是夫妻别离、父母难顾，因而，在他们的心底，可能怀有比常人多得多的遗憾和愧疚。这两首诗传达的心境就是如此。它们是作者牺牲的前两天，在写给弟弟的信中附写的。上首表达的是无法与父母再见，更无法赡养他们的内疚；下首表达的是希望弟弟代他行孝的请求。同时表达了大敌当前，愿为人民战斗到底的决心。

① 庭帏：旧指父母居住的地方，这里代指父母。
② 菽水：普通饮食，形容生活清苦，这里代指对父母的赡养。

作者简介

贺锦斋（1901—1928），湖南桑植人，贺龙堂弟。6岁入其父所设私塾攻读，稍长曾当学徒，对社会不公和广大农民的苦难有着切身体会。1919年加入贺龙部队，从卫士渐升至团长。北伐战争中，率部作战勇猛。“四一二”反革命政变后，贺部返武汉，扩编为第二十军，他升任该军第一师师长，随即参加南昌起义，加入党组织。起义受挫后，辗转来到上海。是年冬，根据党的指示，经武汉回监利、石首开展武装斗争。1928年7月，湘西工农革命军改编为中国工农革命军第四军，贺龙任军长，他任师长。9月初，率部袭击澧县，遭敌包围，退往泥沙。9月9日拂晓，率警卫营和手枪连向敌猛攻，掩护贺龙等突出重围，自己却壮烈牺牲，践行了他“吾将吾身交吾党”的钢铁誓言。中华人民共和国成立之初，毛泽东主席为他签署了第一号烈士令。

王凌波诗一首

诗一首

相识各年少，而今快白头。
前途正艰巨，拔剑断横流。

题旨解读

本诗写于 1940 年，是作者酬和自己妻子的答诗。作者过 51 岁生日时，同为革命战友的妻子送他一诗："风雨结同舟，依依约白头。任凭潮浪险，相与渡横流。"当时正处于抗战艰苦阶段，国民党又不断制造摩擦，形势很严峻，妻子赠诗表达了夫妻之爱和同志之勉。丈夫的答诗，也深情回顾了两人由年少相识到如今几近白头的历程。然而，革命夫妻的相爱相守，并不限于通常的"执子之手，与子偕老"，在这份普通人的真挚和美丽的情感之中，更有"相与渡横流""拔剑断横流"的革命信念和斗志。

作者简介

王凌波（1888—1942），湖南宁乡人。1925 年秋经何叔衡介绍入党。北伐军攻克长沙后，任中共国民党省党部党团副书记。后从事地下工作，曾数次被捕判刑。抗战全面爆发后被党营救出狱后赴延安，在中共中央秘书处工作。1937 年 10 月同徐特立到长沙，任八路军驻湘通讯处主任兼新四军驻湘办事处主任。1940 年 12 月返回延安，任延安行政学院副院长。1942 年 9 月 3 日晨，在查看学生伙食时突发脑溢血逝世。

罗世文诗一首

无题

慈母千行泪，顽儿百战身。
可怜今夜月，两处各凄清。

题旨解读

1944年中秋，罗世文在贵州息烽监狱望月感怀，思念母亲而作此诗。由罗世文难友李任夫追记。有大爱者，有深情。革命者在投身革命的路上，何曾忘掉对亲人的那份眷念之情呢？只是因公忘私、爱及天下罢了。

作者简介

罗世文（1904—1946），四川威远人。1924年，与杨闇公、萧楚女等人发起四川劳工互助社等进步团体。次年夏，被党组织派往苏联留学，出国前被批准入党。回国后，先后任中共四川临时省委宣传部部长、军委书记。1933年，与廖承志一道到川陕根据地工作。抗日战争时期，回四川先后任中共四川省临时工作委员会书记、川康特委书记。1940年3月18日，被国民党特务逮捕，先后关押于重庆白公馆看守所、贵州息烽监狱和重庆渣滓洞监狱。狱中和车耀先、韩子栋、许晓轩等组织临时党支部，带领难友同敌人斗争。1946年8月18日，和车耀先一起被杀害于重庆歌乐山松林坡。他是《红岩》中许云峰的原型之一。

白深富诗一首

花

我爱花。
我爱洋溢着青春活力的花，
带着霜露迎接朝霞。

不怕严寒，不怕黑暗，
最美丽的花在漆黑的冬夜开放。

它是不怕风暴的啊，
风沙的北国，
盛开着美丽的矫健的百花。

我爱花。
我爱在苦难中成长的花，
即使花苞被摧残了，
但是更多的
　　更多的花在新生。

一朵花凋谢了，
但是更多的花将要开放，
因为它已变成下一代的种子。

花是永生的啊，
我爱花，
我爱倔强的战斗的花。

花是无所不在的，
肥沃的地方有花，
贫瘠的地方有花。
在以太①里，
有无线电波交织的美丽的花，
在一切的上面，
有我们理想的崇高的花。

我爱花，
我愿为祖国，
开一朵绚丽的血红的花。

题旨解读

这是一首充满着浪漫主义情怀的革命诗。作者以花喻己，表达了对理想的坚定、对生活的热爱和对光明的渴望。全诗闪耀着坚韧不拔、百折不挠、牺牲奉献和乐观自信的党性光辉。

作者简介

白深富（1917—1949），四川璧山人。1939年加入中国共产党。先后在合江县、重庆任教，暗中引导青年学生进步，培养革命干部。1944年，接受党组织指示，参加国民党政府高等文官考试，被录取，分派在粮食部陪都民食供应处工作。1945年，任璧山县府教育科长。1948年8月，因叛徒出卖被捕，被囚于渣滓洞监狱，受尽折磨，仍坚持狱中斗争。1949年11月27日在渣滓洞大屠杀中遇害。

---

① 以太：物理学名词，又称媒介物质。此处意为，从无线电中，收听到新华社广播电台播送的胜利捷报和中央文件。

宋绮云诗一首

送梅含章[1]

青山葱葱，
绿水泱泱[2]，
今日之别，
敢云忧伤？
日之升矣，
其将痛饮于东山之上！

题旨解读

旧时交通不便，亲友一别，不知何时再见，因而不免生离愁别绪，诗之送别，另成一格。本诗即送别诗，是作者与狱中好友梅含章于 1947 年 3 月分别时而写的诗作。只是大不一样的是，本诗虽写送别，却毫无忧伤之色，倒是祝愿“日之升矣，其将痛饮于东山之上”，体现作者对前途充满了希望和信心！此时解放战争的形势日渐明朗，人民解放军已开始展开战略反攻，作者自然信心满满。

---

① 梅含章：浙江天台人，黄埔军校第八期毕业生，因组织反蒋“青年将校团”被关白公馆监狱，是作者的难友。1947 年 3 月，得知梅即将被释放，作者特意书写《送含章同学赴金陵序》一文，让儿子宋振中送给梅。梅收到诗文后，激动不已，挥笔写下一诗回赠作者：“牢里相处亲又亲，共话肺腑期有成；临别千言铭座右，誓将热血报知音。”梅出狱后，践行誓言，不仅协助策动江阴要塞炮兵起义，为解放军顺利渡江立下功劳，还在中华人民共和国成立后，担任江苏省人民政府参事员等职，为祖国建设贡献了自己的力量。

② 泱泱：水势浩瀚之貌。

作者简介

宋绮云（1904—1949），江苏邳县人。1926年11月考入武汉中央军事政治学校，次年3月加入中国共产党。1929年由组织派到杨虎城军部工作，任中共西北特支委员、《西北文化日报》社长兼总编辑。西安事变前后对杨部做了大量统战工作，为宣传党的抗日民族统一战线政策作出了积极贡献。1941年9月宋绮云、其妻徐林侠及他们8个月大的幼子宋振中被国民党军统特务逮捕，先后被囚于渣滓洞、白公馆和贵州息烽集中营。狱中八年，虽遭严刑拷打、种种折磨，但从未屈服，始终保持共产党人的坚定信念和坚强意志。1949年9月6日，夫妇两人及未满9岁的宋振中（长篇小说《红岩》中“小萝卜头”的原型），与杨虎城将军父子一起，在重庆松林坡被国民党军统特务残忍杀害。2009年被评为“100位为新中国成立作出突出贡献的英雄模范人物”。

许晓轩诗一首

赠　别[①]

相逢狱里倍相亲，共话雄图叹未成。
临别无言唯翘首，联军[②]已薄[③]沈阳城。

题旨解读

这是一首狱中送别诗。“狱里”“相亲”，“雄图”“未成”，临别时只能抬眼相看，翘首点头，这些都让人欲哭无泪、悲愤莫名，读来不免酸楚悲凉。然而阴郁中并不消沉，反倒洋溢着坚定和自信，一句“联军已薄沈阳城”，即预示着革命胜利在即，诗之光芒至此点燃。

作者简介

许晓轩（1916—1949），江苏江都人。九一八事变后，积极投身抗日救亡运动。1938 年 5 月加入中国共产党，负责中共川东特委青委刊物《青年生活》的编辑和发行工作，次年任中共川东特委青委宣传部部长。1940 年初任重庆新市区委书记，4 月，由于叛徒出卖不幸被捕，先后被押于贵州息烽集中营、白公馆监狱，狱中秘密成立临时党支部。1949 年 11 月 27 日，重

---

① 这首诗是作者 1947 年底在白公馆集中营写的。当时他与李子伯等狱友筹划集体越狱，后李子伯等被转移，作者作此诗赠别。

② 联军：指东北民主联军。

③ 薄：迫近。

庆解放前夕被杀害。临刑前，他高举双手，向牢中战友道别，随即从容就义。是长篇小说《红岩》中许云峰、齐晓轩等人物形象的原型之一。

蓝蒂裕诗一首

示　儿

你——耕荒，
我亲爱的孩子；
　从荒沙中来，
　到荒沙中去。

今夜，
我要与你永别了。
　满街狼犬，
　遍地荆棘，
给你什么遗嘱呢？
我的孩子！

今后——
愿你用变秋天为春天的精神，
把祖国的荒沙，
耕种成为美丽的园林！

1949 年 10 月就义前夜

题旨解读

作者是铁窗诗社的成员，这首诗是他临刑前在楼上六号牢房留交同志，让转给其子的遗嘱。其子名字寓意“耕荒”，想必作者在给儿子起名时，就保留着他的一份记忆：你是在我“耕荒”——为革命犁除“遍地荆棘”时出生的。那么今夜，他给儿子留下的遗嘱也还是“耕荒”：“今后——愿你用变秋天为春天的精神，把祖国的荒沙，耕种成为美丽的园林！”在即将走向生命尽头的时候，一个共产党人留给自己孩子的愿望，仍是对这个父母之邦、这片生他养他土地的眷恋和祈祝！

作者简介

蓝蒂裕（1916—1949），重庆垫江人。幼年丧父，随母迁至梁山（今梁平）县城，在继父家长大。青年时参加救亡运动，1939 年加入中国共产党，起初在重庆海员工会担任《新华日报》发行员，暗中从事党内交通联络工作。一度被捕，后挖墙逃离虎口。与党失去联系时，仍自觉开展进步工作。1947 年恢复党的关系后，被派往梁山县开展工作，参与筹建梁（平）垫（江）游击区，担任梁垫特支书记。以“蓝太医”的身份掩护开展党的工作，深受当地民众拥护，体现了革命“耕荒者”的英勇无畏和奉献精神。1948 年冬，因叛徒出卖，不幸再度被捕，在渣滓洞监狱受尽酷刑折磨，身上被烙铁烧焦，但始终顽强不屈。1949 年 10 月 28 日晨，被特务从狱中押出杀害。是长篇小说《红岩》中华蓥山游击队长“蓝胡子”的原型。

笑对囚笼

何孟雄诗一首

狱中题壁

当年小吏①陷江州，今日龙江②作楚囚③。
万里投荒阿穆尔④，从容莫负少年头。

题旨解读

这首诗作于1922年。当时作者等人赴苏俄出席伊尔库茨克远东大会，行至黑龙江时，一度被奉系军阀逮捕入狱，遂在狱中墙壁上题写了此诗，以表达革命志向。

作者简介

何孟雄（1898—1931），湖南酃县（今炎陵县）人。1920年3月，加入北京共产党早期组织，是全国最早的58名党员之一。1921年起，先后任中共北京地委书记、唐山市委书记、汉口市委组织部部长等职，主要从事工人运动。大革命失败后，曾任中共江苏省委常委、淮安特委书记、南京市委书记等职。1931年1月17日，因叛徒出卖在上海被捕，2月7日在上海龙华司令部刑场惨遭杀害。

---

① 小吏：《水浒传》中宋江是郓城县小吏，在江州被捕陷在狱里。

② 龙江：黑龙江。

③ 楚囚：本指春秋时被俘到晋国的楚国人钟仪，后泛指被囚之人。钟仪为楚共王时设在郧邑的“郧公”，共王七年，令尹子重率兵攻打郑国，钟仪随军出征，战败，钟仪被俘。被囚期间，钟仪怀念故国，仍戴着楚国式样的帽子。

④ 阿穆尔：俄语，此处指黑龙江。

汪石冥诗一首

横剑跃马几度秋，男儿岂堪作俘囚？
有朝锁链捶断也，春满人间尽自由。

题旨解读

这是作者在狱中用牙刷柄在墙壁上写的四首诗中的一首，诗作回顾了为革命四处奔波的过去，表明了作者不甘被囚与向往大地解放、人民自由的迫切愿望。读来气势非凡，音韵铿锵有力，给人以心灵震撼。

作者简介

汪石冥（1900—1928），四川南川人。1919 年秋，赴重庆联合中学上学。1921 年暑假回南川，成立“南川旅外学会”，被选为总会主任。1922 年初，考入南京大学，次年暑假回南川，创办补习学校，为开展革命活动准备力量。这期间，因为发动本乡青年反对团练局长同伙为非作歹而被捕入狱。1925 年 2 月加入共青团，1926 年春，加入中国共产党。南川党支部成立后，任宣传委员。1927 年 4 月，受重庆地委派遣到两湖书院武汉分校工作。“七一五”反革命政变后，参加武汉地下党的宣传工作。1928 年春，调中共湖北省委军委工作。同年 3 月，受湖北省委指派，运送武器给鄂东特委，在预定接头地点，遭埋伏的特务逮捕。1928 年 12 月 10 日在汉阳就义。

王达强诗一首

狱中题壁诗·七歌

有客有客居汉江，自伤身世如颠①狂。
抱负不凡期救世，赢得狂名满故乡。
一心只爱共产党，哪管他人道短长？
我一歌兮歌声扬，碧血千秋叶芬芳。

有家有家在鄂东，万山深处白云中。
老父哭儿伤无椁，老母倚闾泪眼空。
故乡山水今永诀，天地为我起悲风。
我二歌兮歌声雄，革命迟早要成功。

有友有友意相投，千里相逢楚水头。
起舞同闻鸡鸣夜，击楫共济风雨舟。
万方多难黎民苦，相期不负壮志酬。
我三歌兮歌声吼，怒掷头颅向国仇。

有弟有弟在故乡，今日意料有我长。
昨夜梦中忽来信，道是思兄忆断肠。
可怜不见已三载，焉能继我起乡邦？
我四歌兮歌声强，义旗闻起鄂赣湘。

我五歌兮歌声止，慷慨悲歌今日死。
我六歌兮歌声乱，地下应多烈士伴。
我七歌兮歌声终，大地行见血花红。

---

① 颠，旧同“癫”。

题旨解读

这组《狱中题壁诗·七歌》，淌泪和血写成，感天动地，泣鬼惊神！它们是作者在狱中受审后，手脚被铁钉钉穿，皮肉被铁梳梳烂的惨景下，用血淋淋的手和半截铅笔，在狱室的墙上写出来的。本来看到他遭受如此酷刑，难友们就都痛心入骨，现在读了他的《七歌》，更加为之泪流满面，哀愤不已。知道战友即将就义，他们机智地避开敌人，偷偷地把《七歌》一字不漏地抄下来，暗地传出牢房，以留后世。我们这才有幸读到这气壮山河的感人诗篇。全诗中的前四首，或写自身不凡抱负，或写自己牺牲后双亲的悲伤，或写对同志的期许，或写对弟弟的嘱托，于苦泪中，无一不在表达对党的无比坚贞和对革命胜利的坚定信念。什么叫“理想信念高于天”？这就是！1962 年 7 月 2 日，《人民日报》全文发表了作者的《七歌》，以教育后代继承烈士遗志，奋发图强，建设新中国。

作者简介

王达强（1901—1928），湖北黄梅人。1925 年春加入中国共产党，任学校党支部书记。1926 年春，积极投入校内外革命活动，参加声援省港罢工斗争和收回汉口英租界的斗争。1927 年冬，当选为中共湖北省委常委，任团省委书记兼京汉铁路总指挥。1928 年 2 月上旬，在汉口泰记旅馆被捕入狱，备受酷刑，他铁骨铮铮，横眉怒斥敌人。2 月 18 日，就义于汉口郊区。

恽代英诗一首

狱中诗

浪迹江湖忆旧游①，故人生死各千秋②。
已摈忧患③寻常事④，留得豪情作楚囚。

题旨解读

烈士们就义之前，回旋在脑海里最多的是什么？有的是为信仰献身的从容无悔，有的是对后继有人的欣慰和勉励，有的是对革命胜利的期许与展望。恽代英想到的是什么？是自己这一生的行迹：从武汉学生运动领袖，到坚定的马克思主义者，他漂泊不定，交游甚广，朋友众多，他们现在都在做什么呢？老友们都有自己的命运啊！革命者从来不把个人的忧患放在心上，他的思虑都在革命事业上。春秋时期，楚国人被晋国俘虏，仍然戴着楚国式样的帽子，以表达对故国的怀念，作者也是囚徒，对革命的豪情也是这样坚定执着啊！

作者简介

恽代英（1895—1931），出生于湖北武汉。1915 年考入中华大学文科攻

① 旧游：原指老朋友，此处指革命同志。
② 千秋：不朽。
③ 已摈忧患：已摈除个人得失。
④ 寻常事：把个人得失看得很平常。

读中国哲学，曾参加新文化运动，在《东方杂志》《新青年》上发表文章，提倡科学与民主，批判封建文化。大学毕业后担任中华大学附中教务主任。1919 年至 1921 年，恽代英在湖北创办利群书社和“共存社”，团结进步青年，传播新思想、新文化和马克思主义，期间曾赴京编辑《少年中国学会丛书》，后赴安徽宣城任教。1921 年加入中国共产党。1923 年曾在西南公学和上海大学任教，参加团中央的领导工作，主编团中央机关刊物《中国青年》。1925 年，参与领导五卅运动。1926 年 5 月，受党指派，到黄埔军校任政治主任教官，次年 1 月，到武汉主持中央军事政治学校，任政治总教官；随即参与领导南昌起义、广州起义。此后到上海党中央组织部任秘书，协助部长周恩来工作；任党中央宣传部秘书长，负责编辑党刊《红旗》。1930 年 5 月 6 日，在上海怡和纱厂接头时被捕，被关押于南京江东门外中央军人监狱，化名为王作林。狱中面对敌人威逼利诱，坚贞不屈。后来被叛变的中共中央原政治局候补委员、特科负责人顾顺章指认，身份暴露。1931 年 4 月 29 日被害于南京。2009 年被评为“100 位为新中国成立作出贡献的英雄模范人物”。

杨匏安诗一首

狱中诗

慷慨登车去，临难节独全。
余生无足恋，大敌正当前。
投止穷张俭①，迟行笑褚渊②。
者番成永别，相视莫潸然。

题旨解读

这是一首写给狱中难友的诗作，写于作者就义前夕。就要登上囚车，走向刑场了，涌现在作者胸中的是一股浩然正气：面对死亡，我坚持了革命气节，值得了！想来肉体本没有什么可留恋的，可惜的是大敌当前，我不能再去战斗了。东汉桓帝时的张俭，因上疏抨击宦官而被迫逃亡，人们看重他的声望品行，甘愿冒着危险接纳他；南北朝时的褚渊为宋明帝所信任，却出卖幼主投靠了萧道成，落得个受人讥讽的境地。我们的被捕者中，也有经受不住严刑拷问而丧失气节、出卖同志的，但就我而言，这一走就成永别了，我

---

① 张俭：东汉桓帝时人。延熹初年，任山阳郡东部督邮（山阳郡督察官），疏劾宦官侯览贪赃枉法，残害百姓。侯怒，诬以党事。张俭被迫逃亡，望门投止。人皆重其名行，破家相容。

② 迟行笑褚渊：迟行，即慢走，形容从容不迫。褚渊是南北朝时宋人，为宋明帝所信任。明帝临死，封他为中书令，托他与袁粲扶助幼主，协理国事，但他竟出卖幼主和袁粲而投靠萧。萧篡宋后，封褚渊为南康郡公、加尚书令，但世人以其毫无气节而讥之。作者借用这个典故，表明自己在敌人的威逼面前一定坚持气节，绝不辜负党和人民的期望，绝不像褚渊一样出卖革命。据当时在龙华狱中的难友回忆，1931 年与杨匏安同时被捕的十七八人，其中有罗绮园者，入狱后即当了叛徒，出卖了全部同志，企图以此苟且偷生。

们不要用伤心的泪水来告别吧！

作者简介

杨匏安（1896—1931），广东香山人。考入两广高等学堂附设中学后，因家境日艰，辍学回乡，在本乡任小学教员，后因反抗学校腐败，被诬陷入狱。出狱后游学日本，接触了马克思主义。1917 年回国后，在广州任教。1919 年参加广州地区的五四运动；11 月，在《广东中华新报》副刊连载《马克思主义》一文，这是华南地区最早系统介绍马克思主义的文章。1921 年加入中国共产党。此后曾到南武中学和广州甲种工业学校任教，周文雍烈士即是他教过的学生。1923 年 6 月，根据中共三大决定加入国民党，担任共产党在国民党内的党团书记。1925 年 6 月，与邓中夏、苏兆征等先后到香港发动工人罢工回广州，以支援上海五卅运动，因此被捕入狱 50 天。1926 年 1 月，在国民党二大上，被选为中央委员兼常委。1927 年 4 月出席中共五大，被选为中央监察委员。参加党的八七会议后，被党组织派到上海工作，并去香港、澳门、新加坡等地开展革命活动。1929 年回到上海后，参与党的报刊出版工作。1931 年 7 月 25 日凌晨，因叛徒告密被捕。8 月的一天晚上，被秘密枪杀于淞沪警备司令部龙华看守所。

刘伯坚诗一首

带镣行

带镣长街行，蹒跚复蹒跚，
市人争瞩目，我心无愧怍。

带镣长街行，镣声何铿锵，
市人皆惊讶，我心自安详。

带镣长街行，志气愈轩昂，
拼作阶下囚，工农齐解放。

1935 年 3 月 11 日由大庚县狱中戴脚镣经大街移囚绥署候审室

题旨解读

身为囚徒，戴着脚镣，步履蹒跚，被人押送着游街受审，镣声叮当作响，路人好奇围观，这是一种怎样的滋味？一般人可能感到是一种羞辱、伤害与折磨，但对于革命者来说，他们笃定坦然，脸上洋溢着的是平静、自豪与自信，“市人争瞩目，我心无愧怍”“市人皆惊讶，我心自安详”。而且，他们还借此来展现革命者的信念与意志：“带镣长街行，志气愈轩昂，拼作阶下囚，工农齐解放。”这样，在反动派眼里，自以为得计的一场羞辱行动，却最终成为革命者展示凛然正气、信念力量和人格魅力的大好舞台。

作者简介

刘伯坚（1895—1935），四川巴中人。1920 年赴欧洲勤工俭学，1921 年与周恩来等组织发起成立旅欧中国少年共产党，1922 年转为中共党员，次年春入莫斯科东方大学学习，被中国学生推为中共旅莫支部书记。1926 年回国，应邀在冯玉祥部任国民革命军第二集团军总政治部副部长。1927 年底，受党中央指派，再度赴苏联，入伏龙芝军事学院，与刘伯承等一同学习，同时出席中共六大。1930 年回到上海，翌年进入中央苏区，先后任军委秘书长、红军党校政治部主任，参与领导宁都起义，并任红五军团政治部主任，后任中革军委原总政治部宣传部副部长；1934 年 10 月红军主力长征时，留下任赣南军区政治部主任，积极组织留守部队，在于都河多处架桥，护送中央红军主力渡河长征。1935 年 3 月初，战斗中左腿中弹，不幸被捕。3 月 21 日，在江西大余县金莲山被敌杀害。1938 年毛泽东为其碑题词云："刘伯坚是中国共产党的早期优秀党员，中国工农红军早期优秀将领，无产阶级革命家，我党我军政治工作第一人"。2009 年被评为"100 位为新中国成立作出突出贡献的英雄模范人物"。

陈松山诗一首

革命的“铁砧”

共产党人意志坚，赴汤蹈火我当先。
严刑拷打何足畏，“铁砧”美名万古传。

题旨解读

这首诗的写作和流传，缘于一个“铁砧”的故事。被关押在江西莲花县狱中的共产党人，无论面对什么毒刑，都坚贞不屈，审讯者在给上司的报告中无奈地说：“共产党员诚属‘铁砧’，用尽重刑亦无济于事。”作者得悉后，遂写下了这首诗。的确，敌人费尽心机，采用各种刑讯手段折磨革命者，而那些皮鞭、烙铁和刑架在这些人身上竟然丝毫不起作用，自然恼怒异常，想到了铁砧。铁很坚硬，但烧红后放在铁砧上使劲锤打，也还是会屈服变形的，但铁砧却是无论怎样敲击，怎样锤打，都不凹不损，坚如磐石。看来钢铁不足以形容革命者，只有铁砧才可比拟革命者的钢铁意志。

作者简介

陈松山，1936年前后被国民党逮捕，关在江西莲花九都坊监狱。狱中受尽酷刑，却坚不吐实，不久被杀害。

吕大千诗一首

狱中遗诗

时代转红轮，朝阳日日新；
今年春草除，犹有来年春。

题旨解读

作者这首狱中遗诗，极易让人联想到唐代诗人白居易的名作：“离离原上草，一岁一枯荣。野火烧不尽，春风吹又生。”白居易借春草以咏生命之顽强，而作者身处日寇黑牢，脑中浮现的，是每天那轮新的太阳；心中坚信的，是来年大地上的无边春草；作者要体现的，是时代向前、抗战必胜的革命乐观主义精神。

作者简介

吕大千（1909—1937），黑龙江宾县人。1929 年考入北平民国大学。1930 年，参加党领导的反帝大同盟，并加入中国共产党。大学毕业后，回家乡担任宾县中学训育主任兼语文教员，曾长期担任中共宾县负责人。九一八事变后，他发动党员搜集日伪情报，筹集枪支弹药医药，支援活动在宾县的珠河东北反日游击队。1937 年 5 月 13 日晨，因叛徒告密，遭敌逮捕。被捕后，在敌警务局曾刺杀日本警长，未果，自杀后被救活。狱中又与敌进行了坚决斗争。1937 年 7 月 21 日在哈尔滨圈河英勇就义。

陈法轼诗一首

狱中诗

磊落生平事，临刑无点愁。
壮怀犹未折，热血拼将流。
慷慨为新鬼，从容作死囚。
多情惟此月，再照雄心酬。

题旨解读

什么叫作共产党人的浩然正气、干云豪气？且看这首狱中诗作。在人生的尽头，作者回顾一生，十分平静：自己坦坦荡荡，光明磊落，没有什么个人放不下的事情，现在可以从容赴死、慷慨就义了。如果说遗憾的话，那就是一腔热血从事的革命事业还没有完成。不过值得欣慰的是，“多情惟此月，再照雄心酬”，今晚的月亮落下，明天还会升起，一轮明月之下，一定会有理想实现、壮志得酬的那一天。

作者简介

陈法轼（1917—1942），贵州贵阳人。1938年底，加入中国共产党。不久，与另外两位同志一道组建中共镇远县党支部，并创办秘密刊物《海燕》。此后，先后到贵阳、赤水、松桃等地工作。1942年在贵州省被国民党反动派杀害。

杨道生诗一首

狱　中

中原大地起腾蛟[①]，三字沉冤[②]恨未消。
我自举杯仰天笑，宁甘斧钺[③]不降曹[④]。

题旨解读

在寇深祸亟之时，国民党顽固派不是积极抗敌，而是制造摩擦，对付共产党，抓捕国统区的共产党人。给共产党人扣一个什么罪名呢？就像秦桧扣在岳飞头上的三个字：莫须有。对于这样的反动派，作者宁愿被杀，也不会屈服。好一句“宁甘斧钺不降曹”，写出了共产党人的耿耿忠心与钢铁意志。

作者简介

杨道生（1910—1942），江苏淮安人。1938 年加入中国共产党、曾在《成都英文日报》营业部任经理，中共川康特委成都市城西区委书记。1941 年 2 月 13 日，前往乐山就任中心县委书记时被特务逮捕。1942 年 6 月 3 日深夜，宪兵团副带领凶手用绳索捆绑、用破布塞口，将其押解至成都东郊沙河堡厚生农场杀害。

---

① 腾蛟：蛟龙腾跃，此处指日寇入侵及国民党制造反共摩擦。
② 三字沉冤：指“莫须有”三字。莫须有，形容无中生有，罗织罪名。
③ 斧钺：泛指兵器，亦指杀戮。
④ 降曹：原意是投降曹操，此处指投降国民党。

叶挺诗一首

囚　歌

为人进出的门紧锁着，
为狗爬出的洞敞开着，
一个声音高叫着：
——爬出来吧，给你自由！

我渴望自由，
但我深深地知道——
人的身躯怎能从狗洞子里爬出！

我希望有一天
地下的烈火，
将我连这活棺材一齐烧掉，
我应该在烈火与热血中得到永生！

题旨解读

在重庆渣滓洞集中营，作者被囚于楼下第二号牢房，这首诗就是写在牢房墙壁上的。全诗大气磅礴，正气凛然。起首如刀砍斧劈，突显敌人的趾高气扬：“为人进出的门紧锁着，为狗爬出的洞敞开着，一个声音高叫着：——爬出来吧，给你自由！”一代北伐名将、新四军一军之长，岂能用尊严来换取所谓的“自由”？作者遂厉声叱敌，朗声宣告：“人的身躯怎能从狗洞子里爬出！我希望有一天地下的烈火，将我连这活棺材一齐烧掉，我应该在烈火与热血中得到永生!”行文至此，文势逆转，不可一世的敌人，反倒变成了作者嘲弄的小丑和俯视的对象，诗作也因此如烈火一般，让读者热血沸腾：有了这般强大的内心，还有什么力量能摧垮他的不屈意志？有了这般坚定的信念，还有什么苦难不能战胜？

作者简介

叶挺（1896—1946），广东归善人。1919 年参加孙中山领导的粤军，两年后升任总统府警卫团第二营营长。1922 年 6 月陈炯明叛变时，率部与叛军激战，掩护孙中山夫人宋庆龄等脱险。1924 年赴莫斯科学习，加入中国共产党。北伐前夕任国民革命军第四军独立团团长，所部成为中国共产党直接掌握的第一支武装力量。北伐战争中屡建奇功，被誉为“北伐名将”。北伐军占领武昌后，先后任第四军二十五师副师长和第十一军二十四师师长兼武昌卫戍司令。大革命失败后，参与组织领导八一南昌起义、广州起义，他也因此成为中国人民解放军的创建人之一。全国抗战爆发后，拥护国共合作团结抗日，积极将南方八省红军游击队改编为新四军，任首任军长。1941 年 1 月，国民党制造皖南事变。他在交涉时遭扣押，先后被转到上饶、恩施、桂林、重庆等地监禁。面对蒋介石等的威逼利诱，他严词拒绝，坚贞不屈。抗战胜利后，经中共中央营救，于 1946 年 3 月 4 日获释，随即致电中共中央，要求重新加入中国共产党。中央很快复电，决定接受他入党。4 月 8 日，在由重庆飞往延安的途中，因飞机失事不幸罹难。1989 年被中央军委确定为 36 名“中国当代军事家”之一，2009 年被评为“100 位为新中国成立作出突出贡献的英雄模范人物”。

林基路诗一首

囚徒歌

我噙泪低吟民族的史册，
一朝朝，一代代，
但见忧国伤时之士，
赍志含忿赴刑场。
血口獠牙的豺狼，
总是跋扈嚣张。

哦！民族，苦难的亲娘！
为你那五千年的高龄，
　已屈死了无数的英烈。
为你那亿万年的伟业，
　还要捐弃多少忠良！
铜墙，困死了报国的壮志，
黑暗，吞噬着有为的躯体，
镣链，锁折了自由的双翅，
这森严的铁门，囚禁着多少国士！
豆萁相煎，便宜了民族仇敌。
无穷的罪恶，终要叫种恶果者自食，
难闻的血腥，用嗜血者的血去洗。

囚徒，新的囚徒，坚定信念，贞守立场！
砍头枪毙，告老还乡；

严刑拷打，便饭家常。
囚徒，新的囚徒，坚定信念，贞守立场！
掷我们的头颅，奠筑自由的金字塔，
洒我们的鲜血，染成红旗，万载飘扬！

题旨解读

这首囚徒之歌，由两种情感合成。前半部分，是作者对祖国的苦难历史和今日危局的深沉反思和拷问：我们这个民族，为什么有那么多苦难和不幸？为什么会有那么多忠良和英烈遭到残害？这是对反动统治者的血泪控诉和怒声责问。后半部分作者表示，当牺牲作为必需的代价落到自己身上时，为了国家、为了民族，我们这些“新的囚徒，坚定信念，贞守立场……掷我们的头颅，奠筑自由的金字塔，洒我们的鲜血，染成红旗，万载飘扬”。历史视野的苍凉之感，与现实斗争中的担当勇气，自然地融为一体了。

作者简介

林基路（1916—1943），广东台山人。1935 年加入中国共产党，并担任中共东京支部书记。抗战全面爆发前回到上海，投入抗日救亡运动，后赴延安。1938 年 2 月，受党的派遣，到新疆做统战工作，正是此时他将原名林为梁改为林基路，表达永远遵循党的路线之决心。在新疆，先后任新疆学院教务长、阿克苏专区教育局局长、库车县县长、乌什县县长等职。1942 年 9 月，新疆军阀盛世才逮捕大批在疆中共党员。1943 年 9 月 27 日英勇就义。

古承铄诗一首

无　题

假如是山崩地裂，
假如是天要垮下，
假如是一动就会死，
假如是有血才有花……
只要能打开牢笼，
让自由吹满天下，
我将勇敢上前，
毫不惧怕！

题旨解读

这首诗除了表达舍生取义和对自由的渴望外，最大的特点，便是用排比的句式、音乐般的节律，抒发如火的激情，以示对反动派的痛恨和对牺牲自我换取自由的坚定。由此也可看出作者在诗词、音乐方面的才华，难怪人们称赞他是“人民的歌手”。

作者简介

古承铄（1920—1949），重庆南川人。他喜音乐，爱创作，富才情。1946 年春，至重庆南岸南坪小学教书。同年 11 月，到江津江口铁道人员训练班从事事务工作，同时进行诗歌、音乐创作，后待业。这期间加入中国共产党。1947年7月重庆地下党市委的机关报——《挺进报》诞生，因他能刻写一手工整而秀丽的仿宋字，党组织遂安排他担任《挺进报》的刻写工作，并担负散发任务。1948年报社被破坏，他经江津绕道回南川老家，在白市驿向江津行进途中遭人告密，5月20日被捕，被关押在渣滓洞。1949年11月27日，被杀害于重庆松林坡。

何雪松诗一首

海　燕

你——
暴风雨中的海燕，
迎接着黎明前的黑暗。
飞翔吧！
战斗吧！
你——
骄傲的海燕！

题旨解读

1949 年 1 月 16 日，是下川东地工委副书记兼下川东游击纵队政委彭咏梧烈士牺牲一周年，又碰上烈士妻子江竹筠（江姐）在白公馆监狱第三次受刑昏倒。作者感动不已，遂写了这首诗送给江姐，高度赞扬了她的革命气节。诗歌的借代，显然是受了高尔基《海燕》的影响。

作者简介

何雪松（1918—1949），四川高县人。1934 年参加共产主义青年团。1946 年，历经坎坷到重庆，在海棠溪孙家坡第五军官总队任上校教官，兼《五总》月刊总编。后到成都、南充等地活动，拟举行武装起义，配合人民解放军的行动。1947 年 10 月 9 日，事泄被捕，被押往重庆白公馆监狱。狱中与其他难友一道，秘密发起铁窗诗社，创作诗歌鼓舞大家斗志。1949 年 11 月 27 日深夜，在重庆大屠杀中为掩护难友破窗突围，用身体挡住扫射过来的枪弹，英勇就义。1950 年 2 月，被重庆市人民政府批准为革命烈士。

余文涵诗一首

铁窗明月有感

铁窗明月恨悠悠，无限苍生无限仇。
个人生死何足论，岂能遗恨在千秋！

题旨解读

对于革命者而言，个人生死不值得挂怀；但失去自由，却是人生的最大遗憾。为什么？因为没有自由，便没有打破旧世界、建设新社会的机会，便没有造福苍生、兼济天下的可能，这是何等悲哀与痛苦！因而身处囚室，眼望明月，心中的“恨”与“仇”，也就油然而生了。革命者的胸襟与心境，于此也展露无遗。

作者简介

余文涵（1918—1949），四川长宁人。1938年加入中国共产党，后在泸州二十三兵工厂、重庆沙坪坝等地从事工人运动，又先后任梁山县（今重庆梁平县）屏锦区委书记、达县中心县委书记。1944年，受中共南方局指派打入敌人内部，任长宁县党部主办的《长宁周报》编辑，常以记者身份出入敌伪党政机关、列席重要会议，为地下党提供重要情报。1948年8月，被党组织任命为中共庆（符）南（溪）长（宁）边委书记。1949年6月9日，在检查支部工作时，不幸被敌人逮捕。6月27日被敌杀害。

陈然诗一首

我的“自白”书

任脚下响着沉重的铁镣，
任你把皮鞭举得高高，
我不需要什么自白，
哪怕胸口对着带血的刺刀！

人，不能低下高贵的头，
只有怕死鬼才乞求“自由”；
毒刑拷打算得了什么？
死亡也无法叫我开口！

对着死亡我放声大笑，
魔鬼的宫殿在笑声中动摇；
这就是我——一个共产党员的自白，
高唱凯歌埋葬蒋家王朝。

题旨解读

人们常说，共产党人是用特殊材料制成的。这种特殊材料是什么？是用理想、信念武装起来的精神与力量。有了这种精神与力量，任它铁镣、皮鞭和刺刀，都“无法叫我开口”，无法让“我”屈服！本诗作者被捕以后，敌人用尽酷刑，逼迫他写“自白书”，最终他们不仅一无所获，反而给了作者高唱共产主义赞歌的机会：“对着死亡我放声大笑，魔鬼的宫殿在笑声中动摇；这就是我——一个共产党员的自白，高唱凯歌埋葬蒋家王朝。”后来的事实也证明，作者所言不虚，信念的力量确实摧垮了这个“王朝”的反动统治。

作者简介

陈然（1923—1949），河北香河人。1938 年夏，随家人流亡到湖北宜昌等地，在鄂西投入抗日救亡运动。1939 年 3 月加入中国共产党。此后因党内出了叛徒，避难江津，就此脱离组织，直到 1947 年夏在重庆找到地下党，才恢复组织关系。1947 年秋，中共重庆市委创办了《挺进报》，他被任命为《挺进报》特支书记，并担任最机密的印刷工作。为节省人力、缩短周转时间、减少暴露危险，整个《挺进报》的撰稿、刻版、印刷、分送等工作都由他和另外一位同志（即刘国鋕烈士）承担起来，且在当时特殊的斗争环境下，他们两人不能见面，只能在信函中互致问候。他白天要去工厂上班，晚上就以超人的精力、高度的警惕性和责任感，完成报纸的刻版、印刷、分送等工作。《挺进报》的秘密发行，引起了国民党反动派的极大恐慌。1948 年 4 月 20 日，重庆当局从叛徒口中得知其机关住所，抓紧实施抓捕。中共重庆市委也感觉情况有变，派人通知他，要他在印好 22 日最后一期报纸后迅速转移；紧接着他又收到一位在敌人内部工作的同志的急信，要他马上转移，但他还是坚持到 22 日印完了最后一期。结果，他刚把蜡纸烧掉，即遭敌逮捕。在白公馆集中营，他仍秘密编辑“白公版”《挺进报》，传递我党我军最近的胜利消息，鼓舞狱中同志们的斗志。1949 年 10 月 28 日，他和其他战友被杀害于重庆大坪刑场。他是红色经典小说《红岩》中成岗的原型。

何敬平诗一首

把牢底坐穿

为了免除下一代的苦难，
我们愿——
　　愿把这牢底坐穿！
我们是天生的叛逆者，
我们要把这颠倒的乾坤扭转！
我们要把这不合理的一切打翻！
今天，我们坐牢了，
坐牢又有什么稀罕？
为了免除下一代的苦难，
我们愿——
　　愿把这牢底坐穿！

1948 年夏于渣滓洞

题旨解读

这首诗是作者 1948 年被捕后不久所作，并且被谱成歌曲，为狱中难友所传唱。“为了免除下一代的苦难，我们愿——愿把这牢底坐穿！”这是坚毅，是韧性，是“我不入地狱谁入地狱”的大担当；也是自信，是底气，是深信这牢底一定可以坐穿的必胜信念。这一切，让这首诗作具有穿越时空的感染力和说服力。

作者简介

何敬平（1918—1949），四川巴县人。1935年，北平一二·九运动时，正在巴县中学读书的他参加了“重庆学生救国联合会”活动。卢沟桥事变爆发后，他被吸收为重庆公共汽车公司“救国会”小组成员，积极追求进步。1938年春节刚过，就和一群青年踏上奔赴延安的征程，中途因被误解滞留西安，后加入国民党部队。1941年皖南事变后，愤于国民党的反共行径，毅然弃军回家，进入重庆电力公司工作。1945年2月，被吸收为中共党员，后任中共重庆电力公司党支部组织委员。1948年春因叛徒出卖被捕入狱，先后被关押在石板坡第二模范监狱、渣滓洞集中营等地。狱中备受酷刑却坚贞不屈，还饱含激情创作了《把牢底坐穿》一诗，极大地鼓舞了大家的斗志。1949年11月27日，国民党实行渣滓洞大屠杀，他在越狱逃跑时，被枪杀于牢房中。

周从化诗一首

无　题

神州嗟浩劫，四族胜狼群。
民族号饥寒，民权何处寻？
兴亡匹夫觉，仗剑虎山行。
失败膏①黄土，成功济苍生。

题旨解读

诗作写于抗战时期，当时中华民族正处在苦求生存的奋斗之中。作者表示，天下兴亡，匹夫有责。为了革命，他愿意仗剑而行，深入龙潭虎穴。倘使失败了，血沃中华；成功了，造福苍生。展示了革命到底的决心。

作者简介

周从化（1895—1949），四川新都人。1937 年全国抗战爆发后，随刘湘率军出川抗战。刘湘病逝后，任第二十九集团军总部中将参谋长，后转任川康绥靖公署参谋处长。由于在川康军政界中上层人士中倡议团结抗日，被解职。此后，秘密参加中国民主同盟，与共产党员联系密切。1949 年春加入中国国民党革命委员会，开展迎接解放的工作。1949 年 8 月在家被捕，被关于重庆白公馆监狱。11 月 27 日夜，就义于松林坡。

---

① 膏：名词动词化，“肥”的意思。

陈用舒诗一首

生来不是屈服汉

生来不是屈服汉，那怕而今家法严。
绞刑架上心不跳，断头台上色不变。

题旨解读

这首诗语言干脆爽利，语意晓畅明白，语调叮当有声。读完，一个共产党人的铁骨形象，可如图影，浮人眼前。古语曰：“民不畏死，奈何以死惧之！”这话用在共产党人身上，同样不违和，且情怀更高远。

作者简介

陈用舒（1922—1949），四川南充人。1939年在岳池小学任教，1942年在岳池中南街小学当教员，常在《岳池日报》发表进步文章，因此引起特务注意，后转到武胜县烈面小学教书。1945年加入中国共产党，同年10月创建武胜县复兴乡地下党支部并任书记。1947年，先后创办《评报》《真报》，抨击时局，为广大劳苦群众呼吁，结果均被查封。1948年参加岳（池）武（胜）起义，失败后回到家乡，继续发展组织。1949年1月在家乡李渡场被捕，后被关押于重庆渣滓洞监狱。1949年11月27日在大屠杀中牺牲。

昂首刑场

杨超诗一首

就义诗

满天风雪满天愁，革命何须怕断头？
留得子胥豪气①在，三年归报楚王仇！

题旨解读

这首诗作是作者就义时高声诵出的。十二月的寒冬，自己二十多岁的年轻生命就要结束了。此时的他想到了什么？想到了革命终将胜利，鲜血不会白流，血债终将向敌人讨还！“革命何须怕断头”呢？你看春秋时的伍子胥，父兄屈死，他历尽艰辛，最终领兵打进楚国都城，不是报仇雪恨了吗？我们共产党人只要有着这样的信念，哪有达不到的目的，报不了的仇呢？

作者简介

杨超（1904—1927），江西德安人。1925 年在北京大学加入中国共产党。1926 年由党派回江西担任中共江西省委委员，后赴德安担任中共德安县委书记。1927 年“四一二”反革命政变后，辗转南昌、武昌、河南等地工作。10 月，不幸在九江被捕。1927 年 12 月 27 日被枪杀于南昌德胜门外下沙窝。

---

① 子胥豪气：伍子胥本为楚国人，性刚强。周景王二十三年，其父、兄因遭陷害，为楚平王杀，他被迫出逃吴国，发誓必倾覆楚国，以报杀亲之仇。入吴后，取得吴王信任，率军攻入楚国，大仇得报。

夏明翰诗一首

就义诗

砍头不要紧，只要主义真。
杀了夏明翰，还有后来人。

题旨解读

这是一首广为传颂的佳作，语言质朴、通晓易懂、朗朗上口。如果从诗歌艺术的角度来讲，它没有任何精雕细琢之处，完全是生死关头脑海中涌现的几句话。它的感人之处，就在于那种舍生取义、杀身成仁的斩钉截铁和果敢抉择。为何如此？是因为他认定自己所信仰的主义为真理，坚信它能解放劳苦大众，创造一个新社会；而且深知这种主义在人民中的巨大感召力，自己为它而死，必然会唤醒无数后来人为它而奋斗。

作者简介

夏明翰（1900—1928），湖南衡阳人。父署理归州（今湖北秭归）知州。1921年冬，经毛泽东、何叔衡介绍，加入中国共产党。1924年任中共湖南省委委员，负责农委工作。1927年2月，到武汉担任全国农民协会秘书长，兼任毛泽东和武昌农讲所的秘书。“四一二”反革命政变后投笔从戎，6月，任中共湖南省委委员兼组织部部长。1928年初，调去湖北省委工作。3月18日，因叛徒告密，在汉口东方旅社被捕，3月20日在汉口余记里被杀。2009年被评为“100位为新中国成立作出突出贡献的英雄模范人物”。

周文雍诗一首

绝笔诗

头可断，肢可折，
革命精神不可灭。
壮士头颅为党落，
好汉身躯为群裂。

题旨解读

本诗是作者题写在监狱墙壁上的作品，它用直接明快的语言，展现了自己的革命精神，斩钉截铁地表明了自己的阶级立场。语言凝练，语意果决，态度鲜明，震撼人心。正因为有着这样的忠诚信念和钢铁般的意志，所以才有了后来石破天惊的“刑场上的婚礼”——当法官宣判他和陈影萍（陈铁军化名）死刑，问他有什么要求时，他提出和恋人陈影萍照一幅合影，得到应允后，两人并肩在铁窗下照了一张相。1928 年 2 月 6 日，元宵节的下午，天空下着毛毛细雨，寒风刺骨。这对恋人从监狱被押往红花岗刑场，沿途高喊革命口号，高唱《国际歌》。在刑场上，他们向群众作了最后一次演讲，他当众宣布和陈影萍结婚：“让反动派的枪声，来作为我们结婚的礼炮吧！”就这样从容就义。无疑，肉体生命诚然可贵，然而，对于革命者而言，追求高尚、纯洁的精神生命，并求得这种生命的永生，启迪后人，才是他们更重要的选择。包括本诗作者在内的许多共产党人临刑前的表现，都说明了这个道理。

作者简介

周文雍（1905—1928），广东开平人。1924 年毕业于广东省立甲种工业学校，在老师、共产党员杨匏安的影响下追求进步。1925 年加入中国共产党。曾任中共广东区委工委委员、广州工人纠察队总队长、中共广州市委组织部部长兼市委工委书记等职。1927 年 12 月 11 日，参与领导广州起义。1928 年初，因叛徒出卖，与恋人陈影萍同时被敌逮捕。2 月 6 日下午，两人被押往广州东郊红花岗刑场，一路高呼“打倒国民党反动派”“中国共产党万岁”。行刑前，他们将爱情公之于众，庄严宣布结婚。刑场瞬间成为礼堂，杀戮的枪声顿时成了他们结婚的礼炮。两人并肩屹立，英勇就义。2009 年，两人一同被评为“100 位为新中国成立作出突出贡献的英雄模范人物”。

赵天鹏诗一首

无　题

钢刀虽快，
杀不尽天下平民；
渔网虽大，
捉不尽东海之鱼。

题旨解读

这是作者在就义路上朗诵的诗作，它既形象又深刻地表达了就义者昂视阔步的神态和自信坚定的信念，让人听之醒目、诵之难忘。怎么醒目？把屠杀比作钢刀，将搜捕比作渔网，将反动派的凶残和猖狂，刻画得既形象又贴切。怎么难忘？由此形象比喻，作者得出一个逻辑结论：再锋利的钢刀，也诛杀不尽天下之人；再大的渔网，也捕捉不尽海中之鱼。这番道理谁能否认呢？本诗的说服力和感染力自不待言了。

作者简介

赵天鹏（1903—1928），上海南汇人。1927年春，考入北伐军武昌前敌总指挥部政治训练班，结业后被分配到贺龙领导的北伐军独立第十五师，任连队司务长，随后参加八一南昌起义。同年10月，加入中国共产党。1928年6月16日傍晚，他奉命与其他同志一道，前往奉贤县四团处决恶霸张沛霖，返回途中在奉贤泰日桥镇不幸被捕。7月2日下午2时，被反动派枪杀于一棵银杏树下。

朱也赤诗三首

就义诗

一

狱卒呼吾名，从容就酷刑。
人生谁不死，我当享遐龄①！
白色呈恐怖，鉴江②激怒鸣。
英灵长不灭，夜夜绕高城③。

二

为主义牺牲，为工农死节。
不负天地生，无污父母血！

三

何呜咽？
何呜咽？
壮哉十六再回头，
碎破山河待建设！

---

① 遐龄：长寿。
② 鉴江：高州城附近的一条江。
③ 高城：高州城。

题旨解读

这是作者就义前所写五首诗作中的三首。第一首写面对死亡的态度，从容坦然、坚定无悔，精神可与文天祥的“留取丹心照汗青”相比肩；第二首写自己所作所为，俯仰无愧，对得起党和人民，也对得起天地和父母；第三首是告慰亲朋，自己死后无须悲哀，十几年后，我又是一条好汉，又可重整山河。全诗正气凛然，豪情满怀，以死为生，精神感人。

作者简介

朱也赤（1899—1929），广东茂名人。1925 年参加中国共产党，并将本名朱朝柱改为朱也赤，先后任中共茂名县党支部书记、茂名县农协筹备处主任，是粤西最早的中共领导人和农民运动领导人之一。1927 年广州“四一五”反革命政变后，任南路农民革命委员会主任等职，组织武装斗争。1927 年 12 月赴信宜县，组织领导怀乡农民起义，成立了信宜县苏维埃政府。失败后，于 1928 年春返回广州湾（今湛江市），继续南路特委工作。是年 12 月因叛徒告密被捕，后被押解回高州，1929 年 12 月 23 日英勇就义于高州城郊东门岭。

吴厚观诗一首

诗一首

牺牲换人群幸福，革命是吾侪①之家。
且将点滴血和泪，洒遍天下自由花！

题旨解读

我们经常谈及共产党人的初心使命，那么初心使命在哪里呢？其实，就体现在每个党员的自觉行动里。作者的这首诗，就写出了他的初心——以个人的牺牲，换取大众的幸福。他的使命，是以自己的鲜血，换取天下的自由。这正是共产党人践行初心使命的生动体现！

作者简介

吴厚观，湖南人。1927 年 9 月参加过毛泽东领导的秋收起义。文家市会师以后，他遵照党的指示，离开主力部队转入地方，发动群众，组织武装斗争。在一次执行任务途中遭敌围击，不幸被捕。就义前，高声吟诵了这首诗。

---

① 吾侪：我辈，我们。

龙文光诗一首

就义诗

千秋风雨世间飘，死生一事付鸿毛。
吾为自由空中飞，不算英雄亦自豪。

题旨解读

这是作者就义前留下的一首诗。作者本是国民党军飞行员、飞行教官，有着优渥的待遇和生活条件，但一旦投身革命，便毫不犹豫地站在人民一边，成为一名革命战士，驾机反攻敌人。更重要的是，他开始把个人的生命同人民的解放事业联系在一起，对生命的意义有了全新的认识。

作者简介

龙文光（1899—1933），四川崇庆人。1924年考入黄埔军校第三期步兵科。毕业后，又以优异成绩入选广东航校，到苏联第二航空学校继续深造。学成归国后，担任国民革命军空军第四队（驻汉口）上尉分队长，并在南京中央军校航空班任飞行教官。1930年3月16日被鄂豫皖革命根据地的红军俘虏。经做工作，参加红军，并将名字改成龙赤光，以示决心。随后在红一军总部任参谋。1931年5月，鄂豫皖革命根据地成立航空局，他被任命为航空局局长。那架飞机也被组装复原，油漆一新，命名为“列宁号”。由此，中国工农红军有了第一架属于自己的飞机，他也成了工农红军的第一位飞行员。1932年9月10日被捕入狱。1933年8月9日，国民党政府以“带机投匪罪”在武昌杀害了他。当年年底，他被追认为革命烈士。

吉鸿昌诗一首

就义诗

恨不抗日死，留作今日羞。
国破尚如此，我何惜此头。

1934年11月24日于北平天桥

题旨解读

作者的这首名作，是在就义的刑场上，用树枝写在地面上的。生命就要结束了，作者回想这一生，一直在战场上拼杀死战，想打出一个独立的中国，拯救苦难中的人民。可如今反动派却要置他于死地，这是多么悲凉、愤慨！现在国难当头，没死在抗日前线，却屈死在这帮人手里，这是大悲哀啊！唉，也罢，国家破败如此，我还有什么脸面活着呢?！作者对祖国的深爱和无法救国的悲愤，喷薄而出。

作者简介

吉鸿昌（1895—1934），河南扶沟人。曾投军冯玉祥部，后任宁夏省政府主席兼第十军军长。1932年“一·二八”事变爆发后，与中共党组织秘密取得联系。同年秋，加入中国共产党。1934年5月，参与组织“中国人民反法西斯大同盟”，担任大同盟内中共党团领导成员。同年11月9日，在天津法租界被军统特务袭击受伤，并遭逮捕。11月24日，被杀害于北平陆军监狱。2009年被评为“100位为新中国成立作出突出贡献的英雄模范人物”。

雷开元诗一首

就义诗

自从把命革，此心坚如铁；
痛恨反动派，杀尽那顽劣。
谁知反动派，勾引“清乡”狗，
围困了，汉河口①，竟遭匪毒手。
宁死不背党，同志当共守；
坚决跟随共产党，牺牲价值有。

题旨解读

作者在就义前写的这首诗，回顾了自己参加革命的经历：从立志革命，到“清乡”被捕，再到即将走上刑场，为革命献出生命。表达了自己斗争到底、永不叛党的决心，同时也向难友发出了共守党的秘密、永远跟党走的嘱托，并以革命的前途鼓励难友坚定革命信心。与别的就义诗不一样的是，作者不仅自己坚守革命理想，还相约同志一起践行入党誓言，做坚定的革命者。

作者简介

雷开元，共产党员，于土地革命战争时期在湖北洪湖县被捕遇害。

---

① 汉河口：洪湖县（今洪湖市）的一个集镇。

吕惠生诗一首

留取丹心照汗青

忍看山河碎？愿将赤血流！
烟尘[①]开敌后[②]，扰攘[③]展民猷[④]。
八载坚心志，忠贞为国酬。
且欣天破晓[⑤]，竟死我何求！

题旨解读

这首诗是作者在南京江宁镇狱中写就并托人带出的作品。全诗所写，皆是赤血为国流、忠贞为国酬的家国情怀，毫无个人私情。这正是共产党人为国家、为民族、为人民无私奋斗的真实写照，是真正的共产党人的样子。这样的大写的人，是刻在历史长河中的雕像，注定是要为后世景仰铭记的。

作者简介

吕惠生（1901—1945），安徽无为人。1942 年加入中国共产党，曾任抗日根据地仪征县县长、无为县县长，以及皖中行署主任、皖中人民抗日自卫

---

① 烟尘：战火。
② 开敌后：在敌后开辟根据地。
③ 扰攘：纷乱。
④ 展民猷：开展人民民主事业，在抗日战争的激烈斗争中开辟敌后根据地，建立抗日民主政权。
⑤ 天破晓：天亮，指革命成功。

军司令员等职。1943 年，担任皖中水利委员会主任时，带领军民建设水利工程——黄丝滩江堤。1945 年 9 月随新四军第七师北撤时在芜湖江面被“伪政府”无为县县长胡正纲拦截，随即解送南京，交国民党当局，11 月 13 日夜遇害于南京市郊外六浪桥畔。

文泽诗一首

告　别

黑夜是一张丑恶的脸孔，
惨白的电灯光笑得像死一样冷酷。
突然，一只粗笨的魔手，
把他从噩梦中提出。

瞪着两只大眼，定一定神，
他向前凝望：
一张卑鄙得意的笑脸，
遮断了思路。

立刻，他明白了，
是轮次了，兄弟，不要颤抖，
大踏步跨出号门——
他的嘴咧开，轻蔑地笑笑：
“呵，多么拙笨的蠢事，
在革命者的面前，
死亡的威胁是多么无力……”
记着，这笔血债，
兄弟们一定要清算：记着，血仇。
呵，兄弟，我们走吧，
狗们的死就在明朝！

血永远写着每个殉难者的“罪状”——
第一，他逃出了军阀、土豪、剥削者的黑土；
第二，他逃脱了旧社会屠场的骗诈、饥饿；
第三，他恨煞了尘世的麻痹、冷漠、诬害；
第四，他打碎了强盗、太监、家奴、恶狗加给祖国的枷锁；
第五，他走上了真理的道路，向一切被迫害、被愚弄的
　　良心摇动了反抗的大旗……
呵，兄弟，你走着吧！勇敢地走着吧！
呵，兄弟，记住我们战斗的信条：
　　假如是必要，你就迎上仇敌的刺刀。
但是真理必定来到，这块污土就要燃烧。

刽子手轻轻拍拍他的肩膀，
他，突然发出了一声冷笑。
一转身，他去了。
呵，兄弟，
不用告别，每一颗心都已知道！
呵，快天亮了，这些强盗狗种都已颤栗、恐慌，
他们要泄忿①、报复，灭掉行凶的见证，
他们要抓本钱，然后逃掉。
但是你听着：狗们不能被饶恕，
血仇要用血来报！

1949 年 11 月大屠杀之夜于白公馆

题旨解读

这是作者留下的唯一遗作，由越狱脱险同志带出。在 1949 年 11 月 27

① 忿：旧同“愤”。

日于白公馆松林坡就义之前，他已经用诗的语言勾勒出了这一时刻：惨白的电灯光下，一只粗笨的魔手，把自己从噩梦中提出，面前是一张卑鄙得意的笑脸。他立刻明白，是轮到自己的时候了。这不是意料之中的事吗？不是自己义无反顾的选择吗？“兄弟，不要颤抖，大踏步跨出号门”“在革命者的面前，死亡的威胁是多么无力……”殉难者用鲜血书写了自己反抗黑暗压迫、寻求真理光明的光荣；还需要告别吗？“兄弟，不用告别，每一颗心都已知道！呵，快天亮了……”屠刀已经举起，凶神已然叩门，死亡就在跟前，可作者呢，这支笔还写得那么平静、那么壮烈、那么传神、那么鲜活，这不是“特殊材料制成的”又是什么？

作者简介

文泽（1919—1949），四川合川人。1938 年参加新四军，在政治部从事新闻工作。1939 年加入中国共产党。1941 年 1 月，皖南事变时被捕，先后被囚于江西上饶、贵州息烽、重庆白公馆集中营。狱中带头反对敌人制定的“联保连坐法”，多次策划越狱。1949 年在重庆解放前夕牺牲。在狱中始终没有暴露身份。

邓雅声诗一首

绝命诗

平生从不受人怜，岂肯低头狱吏前！
饮弹从容向天啸，永留浩气在人间！

题旨解读

这是作者在写给自己恩师熊竹生的信中附写的四首诗中的一首，时间应是1929年2月18日就义前。诗中表达的不屈精神和浩然正气，及对敌人的蔑视和对死亡的从容，无不让人肃然起敬，心生感动。

作者简介

邓雅声（1902—1929），湖北黄梅人。1925年加入中国共产党，任中共黄梅特支委员，开展农民运动。1926年夏，任中共黄梅地委组织部部长。1927年3月，出席湖北省第一次农民代表大会，后被选为省农协秘书长。后受派遣到京汉铁路南段开展工人运动。1928年春节前往汉口向省委汇报工作。由于联络点“裕泰栈”被破坏，不幸被捕，化名龚伯声，被关在国民党武汉警备司令部监狱。湖北清乡督办公署督办胡宗铎以黄梅老乡之名出面劝降，均回以严词。1929年2月19日，被杀害于汉口余记里空坪。

刘国鋕诗一首

就义诗

同志们，听吧！
像春雷爆炸的，
是人民解放军的炮声！
人民解放了，
人民胜利了！
我们——
没有玷污党的荣誉，
我们死而无愧！
……

题旨解读

这首诗是 1949 年“11 · 27 大屠杀”中作者遇害时所作，由脱险难友背诵记述而保留下来。我虽长逝，但历史如我所愿，我死无憾！诗中表达的临刑前对革命胜利的展望，令人感动。

作者简介

刘国鋕（1921—1949），四川泸州人。1939 年考入西南联合大学经济系。1941 年在西南联大叙永分校加入中国共产党。解放战争时期，是《挺进报》重要发行者之一。1948 年 4 月 19 日在四川荣昌与未婚妻曾紫霞一同被捕。先后被囚于重庆渣滓洞集中营和白公馆。其亲友利用上层关系展开营救，他表示“决不背叛革命”，甘愿放弃去美国留学的机会，拒不在“脱党声明”上签字。1949 年 11 月 27 日，慷慨就义于重庆歌乐山松林坡刑场。是长篇小说《红岩》中刘思扬的原型。

参考书目

1. 李大钊等著，王毅编选.《革命烈士诗抄》，北京：人民文学出版社，2012.

2. 肖衍庆、张品兴、魏丕植主编.《人生奠基石——壮怀天地唱人生》，北京：同心出版社，2004.

3. 中共信阳市委组织部编.《大别山革命英烈》. 北京：中共党史出版社，2015.

4. 中共信阳市委组织部编.《大别山革命风范》. 北京：中共党史出版社，2015.

5. 重庆歌乐山烈士陵园编.《红岩英烈诗抄》. 北京：群众出版社，1997.

6. 解放军红叶诗社选编.《长征诗词选萃》. 北京：解放军文艺出版社，2006.

7. 李蓉选编.《石评梅作品精选》. 武汉：长江文艺出版社，2004.

8. 杨金亭主编.《中国抗战诗词精选》. 北京：北京燕山出版社，2007.

9. 中共湖北省委党史研究室、湖北省中共党史人物研究会编.《为革命献身的湖北省委书记》，武汉：湖北人民出版社，2001.

10. 瞿秋白著.《瞿秋白文学精品选》. 北京：现代出版社，2017.

11. 中国青年出版社编.《革命烈士书信》. 北京：中国青年出版社，1979.

12. 中国井冈山干部学院编.《红色家书——革命烈士书信选编》. 北京：党建读物出版社，2018.

13. 萧三主编.《革命烈士诗抄》. 北京：中国青年出版社，2011.

14. 陈志红编.《红诗一百首》. 广州：南方日报出版社，2011.

15. 戴述秋编著.《石鼓书院诗词选》. 长沙：湖南地图出版社，2007.